奇諾の旅 XXIII

——the Beautiful World——

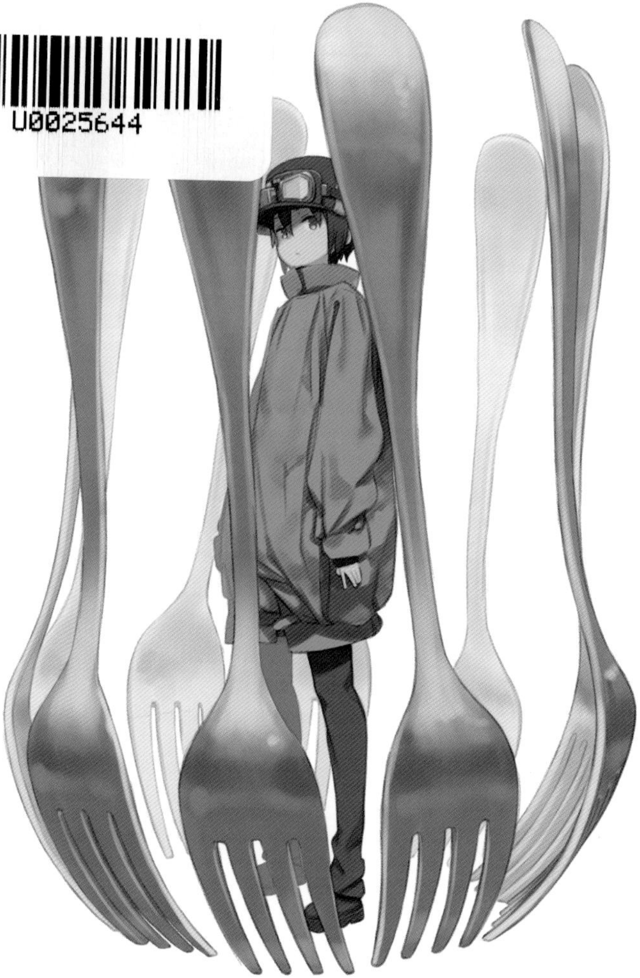

時雨沢 惠一
KEIICHI SIGSAWA

插畫●黑星紅白
ILLUSTRATION KOUHAKU KUROBOSHI

Kadokawa Fantastic Novels

「演技之國」——Corrections——

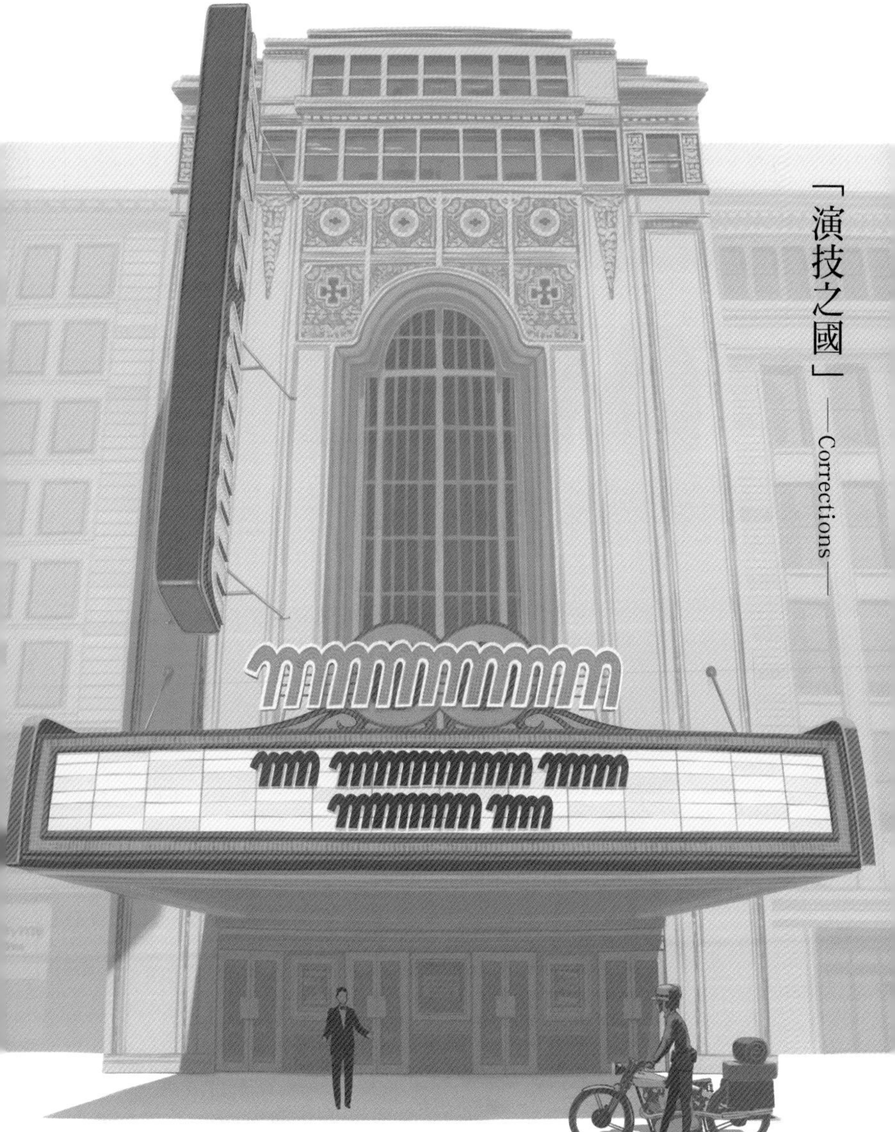

「原來如此，我非常清楚貴國的情況了。」

「如果演技生澀也沒關係，在電影中亮個相似乎很有趣呢！師父。」

「喔喔！那麼想跟兩位請教！除了旅行者以外你們還擁有什麼樣的『角色特質』呢？請一定務必要告訴我們！」

「師父請先說，女士優先。」

「這個嘛……首先，我有使用說服者戰鬥的經驗。」

「喔喔太棒了！我們可以拍動作片了！」

「我也殺了好幾個人，不過沒有去算人數。在這當中，還有曾經與我互誓終生的情人。」

「這還滿……那個的……」

「那我也說吧——我呢，因為出生的國家非常可怕，從小就為了要活下去而幹盡壞事。之後被某個組織僱用為殺手，親手殺了好多人，不管他們是好人還是壞人。因為幹過頭成了通緝犯逃出境，又在某個國家暗殺了領袖，還在某塊土地上唆使山賊引發綁架案。自從某次意外事件後跟師父結夥行動以來，我的生活應該已經讓四位數以上的人往生了。這些事，可以拍成電影吧？可以表現出真人才會有的魅力吧？」

說連我都覺得無聊想睡的時候。

「我國現在原則禁止以印刷文字、聲音或其他方式將資訊在人群中廣泛散布，這種行為會被判處有期徒刑至少十年以上的重大刑罰，甚至有可能處以死刑。」

入境審查官說道。死刑並不是個可以靜靜聽下去的語詞。

西茲少爺將頭歪向一邊，提出問題以做確認：

「你的意思是『新聞』或『言論』的自由是被禁止的？」

「並不是全面禁止。如果有事情想要發表，必須隨時接受國家的事前審查。因為等候審查的案件很多，最起碼也要請對方等待差不多一個月左右的時間。」

這樣一來，也幾乎就等同於沒有自由了。

「這樣一來……要將所想的事情傳達出去，還滿大費周章的呢。」

西茲少爺刻意挑選了聽不出批判氣息的詞彙。

「我明白旅行者你想說什麼。因為我也經由這份工作，跟許多外國人交談過。你的疑問是：『這個國家就沒有「言論自由」嗎？』，對吧。」

「這個嘛……是的。」

西茲少爺答道。

入境審查官一臉正經地直盯著西茲少爺看，並說道：

「在談論這個話題時，我總是會問旅行者，知不知道『筆比劍更有力』這句諺語。」

「我有聽過，意思是『言論比武力還有力量』對吧？」

西茲少爺答道。

據說這句諺語原本是戲曲中的掌權者用來隱喻「我只要簽個名就可以殺了你們」，但如今它的意義已經完全轉變，正是以西茲少爺所說的意思傳誦於世——也就是廣泛為世人所知。

「是的。某人將想法傳達給許多人，因此受到影響的人們會行動起來，發揮非常不得了的力量。『筆比劍更有力』是千真萬確的。」

入境審查官說到這裡就先打住，然後靜靜吸了一口氣：

「可是，在這種時候，完全不能保證『筆比劍更正確』。『如果是用筆的話就可以任意妄為』這種想法，是非常危險的。這樣的力量……有時候，有可能會讓國家滅亡……有可能會將人們誘導到破滅之路上去……正因為這樣，在我國會用嚴格的法律去限制『言論自由』這種強大的力量……這種連武力都能勝過的可怕力量，絕對不能……再度出現……不能讓每個人都去『自作主張地使用』了……」

這個國家發生過什麼事嗎？

看著在說話的同時雙眼還流出淚來的入境審查官。

西茲少爺並沒有問出這句話。

「在紅霧之湖上・b」

—Soared・b—

然後——

光迅速繞圈，描出螺旋線，宛如舞蹈一般的漂動著。

船繼續前行，沒多久就沒辦法從窗戶望見光了。

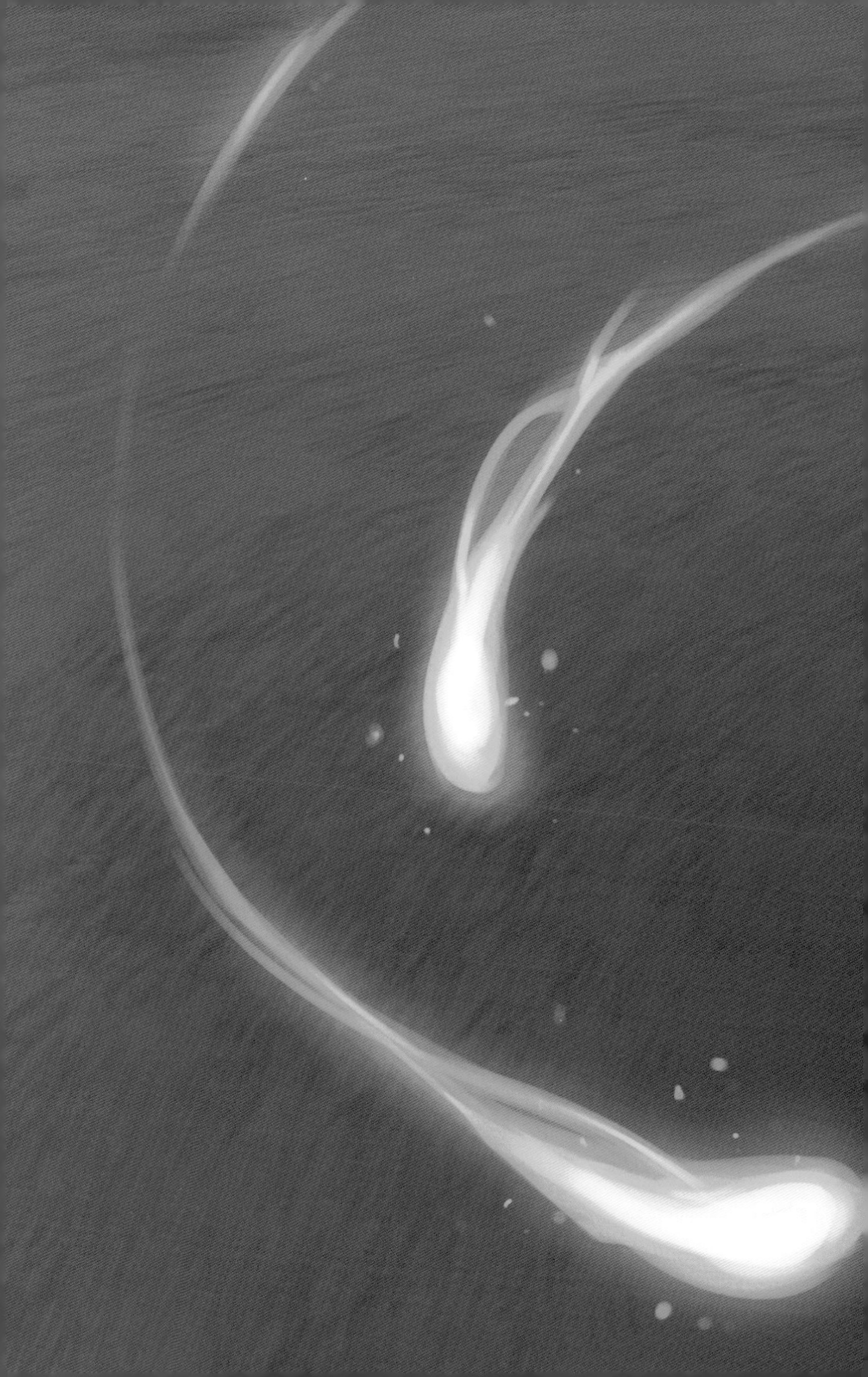

CONTENTS

「大家都是這麼說」的「大家」，
都是你自己挑的人。
—You Have Chambered Yourself.—

奇諾の旅

——the Beautiful World——

XXIII

時雨沢 惠一
KEIICHI SIGSAWA

插畫●黑星紅白
ILLUSTRATION KOUHAKU KUROBOSHI

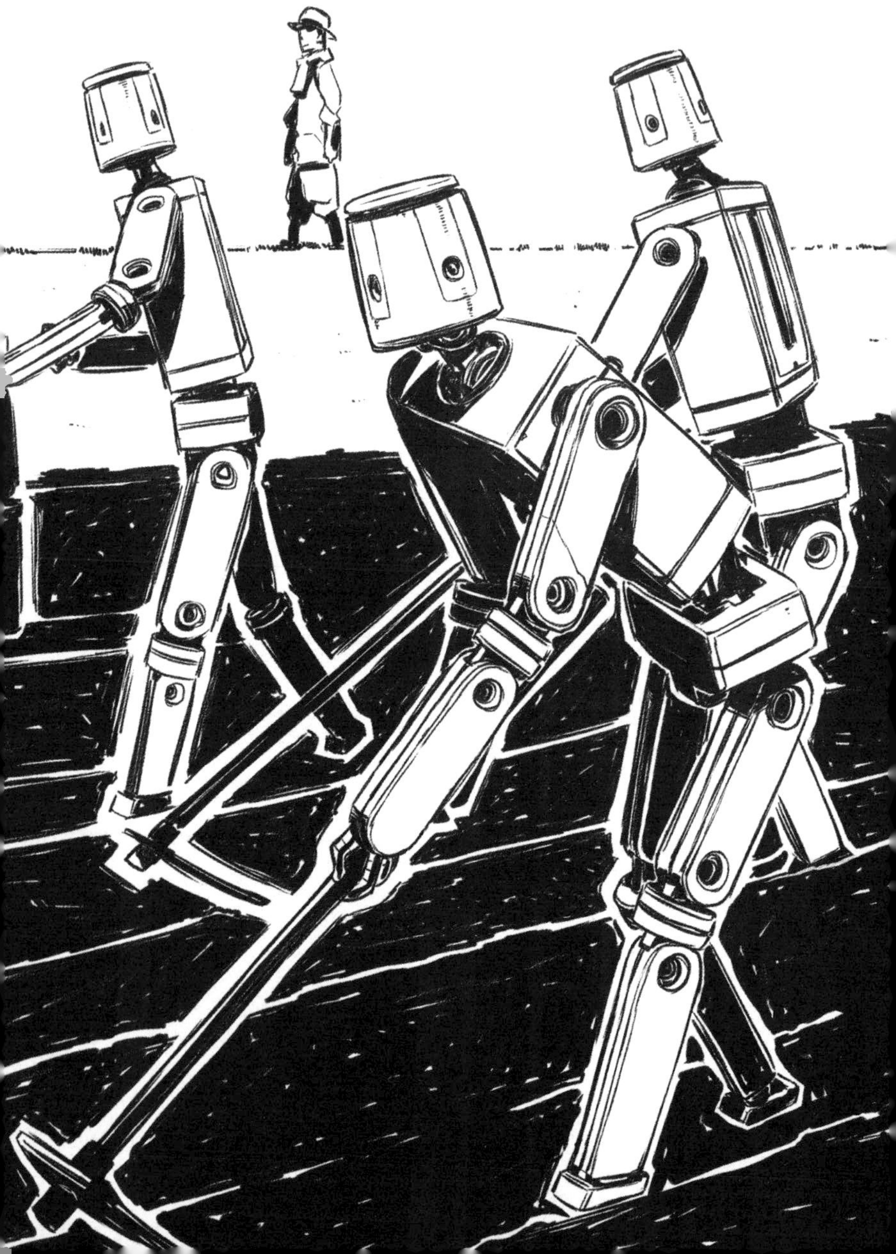

第一話
「有機器人在之國」
—Sustainable—

第一話「有機器人在之國」

—Sustainable—

在森林中，有一間木屋。

一條道路穿過了高聳樹木茂密生長的森林，路旁蓋了一間以原木建造的住家，旁邊還有一塊小小的農田向外開展。

而在這四周，除了森林以外就沒有別的。

在道路延伸到地平線之外的這個地方當中，這間住家以孑然孤獨的姿態靜居一處，彷彿只有這一家是蓋錯了位置。

在面向森林的木屋平臺上，有兩個人正悠閒地做著日光浴。

晚春午後的陽光和煦照射的對象，是一名將銀色長髮在後方綁成一束，身穿圍裙的老婆婆，還有一名將黑色長髮在後方紮成一束，穿著長褲跟長袖襯衫的十二三歲少女。

兩人並排坐在平臺的椅子上，她們之間隔了一張桌子，桌上擺放了裝有茶水的杯子及茶壺。

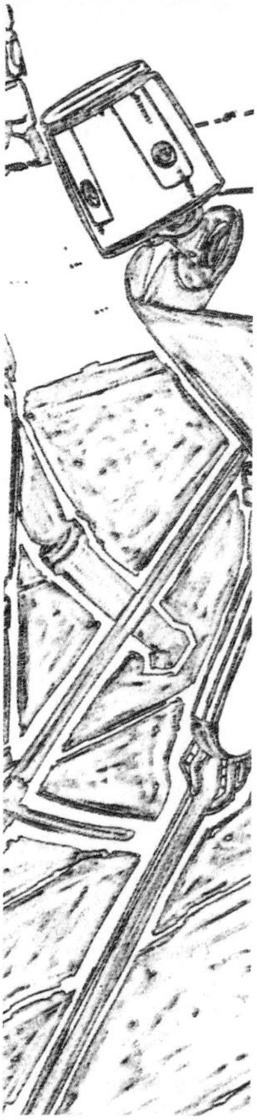

「這個嘛……在長時間的旅行以後，是有許多國家帶給我深刻回憶——」

老婆婆平靜悠然地講述著。

她閉著眼，彷彿在懷念往昔的日子。

「不過那個有機器人在之國，我是不可能會忘記的啊。」

自從開始旅行以來，到底過了多久的時間呢。

並不是沒多久，但也沒有過非常久。

我獨自一人開著小小的車，自由自在地旅行。

開車還滿輕鬆的。畢竟想睡的話，只要在車內讓身體縮成一團睡下去就好了；而且還可以載許多行李。

不過呢，車子跟摩托車不一樣，只要道路有一點崩塌，或者是有大塊落石掉在路面上，事情就會變得很麻煩。

那是在夏天剛開始的時候，我行駛在一條於草原中往前延伸的泥土路上，抵達一個國家。

只要有路，那條路就會通往國家。因為人在往來國與國之間的時候就是要行動，而道路則是基於這個需要而開闢的。

話是這麼說，但任何事都有例外，所以也是有基於「因為這前方有美好的景色」之類的理由而讓道路延伸下去的情形……不過算了，這個就先不說了。

而國家除了極少數的例外，通常四周都圍著城牆。

為了守護國家，而且也為了不讓國民輕易外出，城牆是要有的。

雖然高度與結構各有不同，不過沒有城牆的國家應該非常稀少吧，如果可以見識到這種國家的話就太幸運了啊。

再來，城牆會有城門。大致上會設兩處，不是在東西邊，就是在南北面。

即使有城門，也不可能隨便就進得去，非得要拜託入境審查官同意入境不可。

在審查過程中，要擺出「自己不是危害這個國家的人」的態度。只不過，也沒有必要去勉強諂媚對方，那樣做反而會被懷疑。

持有的武器要全數展示並申報。旅行是危險的，完全沒有護身用武器的人會被懷疑。

許可下來之後，就可以入境了。

這個世界——雖然連我也不明白理由是什麼，不過不同國家的科學技術發展程度差異很大。

有的國家沒有電力，有的國家則有一種被稱為「電腦」的電子頭腦。

有的國家靠馬或牛拖曳車輛，有的國家則有一種被稱為「磁浮艇」的飛空交通工具。

有的國家軍隊持有的是劍、矛或弓，有的國家則配備了一秒可以連發一百顆子彈的說服者。

真是不可思議。這個世界到底是用什麼樣的方式組成的？我不明白。

另外，旅行者的特權之一，就是用自己的眼睛去見識並體驗這些事情。

旅行者帶來的東西，在技術上有古老也有創新，足以讓人傻眼也足以讓人驚嚇。

儘管這樣，這些國家的人們對舊東西的看法就先姑且不談，他們對於新東西並沒有特別的需要。曾有人說就算得到了，如果沒有維持管理的能力也是沒轍，看來他們也很明白呢。

好啦，話題稍微繞得有點遠了。

就來說說有機器人在之國的故事吧。

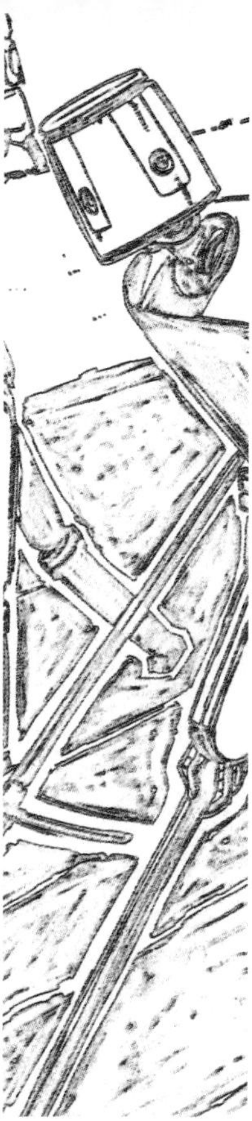

「有機器人在之國」
—Sustainable—

我抵達的時候已經是日落前一刻，審查也花了一番時間，在穿過城門時已是夜晚了。

城門旁邊有一處簡單的旅宿設施，我就借住在那裡睡了。

然後在隔天早上——

在晨靄殘存的一大早，我開始在平坦且非常非常廣大的國內行駛，在開展到地平線盡頭的馬鈴薯、洋蔥和胡蘿蔔田當中，我看到了機器人。

知道機器人是什麼東西嗎，有需要說明嗎？

這個嘛，「人類造型的機械」，應該是最容易理解的說明了。雖然在故事中是很常出現的東西，但我在那時候是第一次也是最後一次實際看到它。

我所看到的機器人，是像人偶的放大版，材質則是以金屬製成的東西。

高度的話，比我的身高再稍微高一點。

頭的形狀像是倒過來戴著的水桶，在頭的四方各自設有一個鏡頭，應該是眼睛吧；它們具有黑色光澤，彷彿就像是深淵一般。

上半身跟腰部是深銀色的金屬製四方形箱子，就像是在餐廳中用來搬運食物的四方形鋁製深型容器。

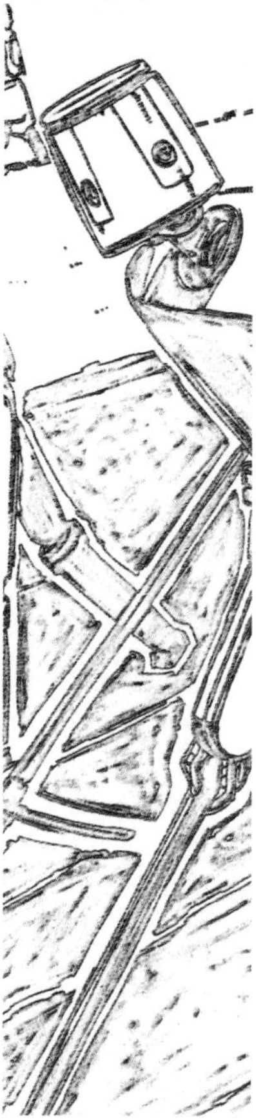

手臂跟腿是既圓又粗的棒子；關節部分是兩個輪軸緊密相連，可以彎曲到一百八十度；腳掌則是比鞋子要大一點的金屬板子。

在手臂前方，雖然不知道到底可不可以說是手指，不過像細長軟水管或者應該說像蚯蚓還是蛇的東西，正扭來扭去地伸展並動個不停。

我驚訝地將車子停住，看著在農田中行動的機器人好一陣子；結果看起來，機器人似乎是在進行耕作的樣子。

它們的手拿著剪刀跟鐵鍬還有澆水器之類、都是人類同樣會使用的工具，持續清除農田雜草、修整田畦、進行灑水。

這簡直就像是普通的農民一樣。

我發動車子稍微開一段路，結果更加驚訝。因為在我前方向的農田四處，還有許多機器人。

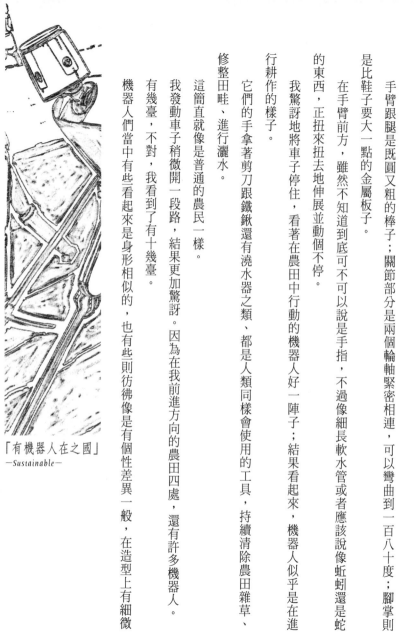

有幾臺，不對，我看到了有十幾臺。

機器人們當中有些看起來是身形相似的，也有些則彷彿像是有個性差異一般，在造型上有細微的不同。像是手腳特別粗或是特別短，還有外形很明顯不一樣的機體。

到底這些機器人是什麼呢？如果找個人問的話對方會不會告訴我呢？

雖然我的興趣被引發了，但周圍卻沒有任何一個人。

來找居民吧。我一面如此心想一面開車行駛，沒多久就抵達了一處城鎮。

雖然說是城鎮，但眼前是一片只有十來間木造住宅並列於道路左右的悠閒景色。

在那裡，有幾個居民剛從建築物裡頭走出來。我主動上前攀談，他們告訴我是因為早上的祈禱時間結束才走出來的。

我問了他們，有關在農田裡工作的機器人的事。

我說，那些是什麼呢？

答案讓我又驚訝了一次。

我們不太清楚那些是什麼，也不太清楚是誰製造的。

很吃驚對吧？那些機器人們，並不是這個國家製造出來的東西。

的確從這城鎮看來，這個國家幾乎沒有機械，是一個科學技術沒怎麼發展的國家。

因為他們看到我的車並不感到驚訝，於是我前往國家中心區域。雖然可能有少數人的駕行速度很快，不過大家都是騎馬行動，而且是用牛所拖的車來搬運物品。

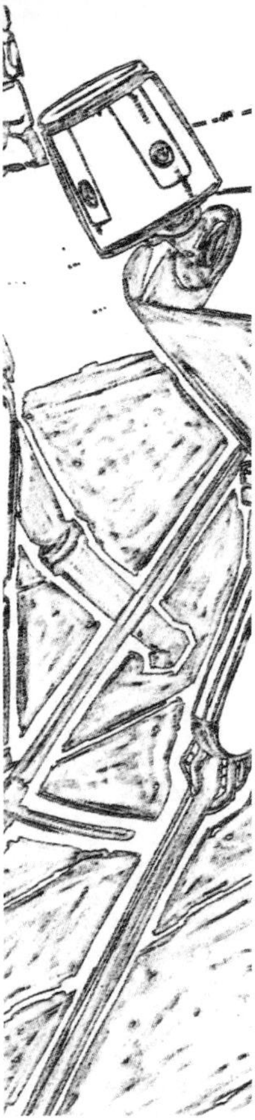

既然不是這個國家製造出來的東西，那麼比較大的可能性就有兩個。

它們在國家創立以前就原本存在於這個地方，或者是在建國以後由外地前來，就這二個。

正確答案，是後者。

居民們異口同聲地告訴我：

那些機器人們是在差不多五年以前，幾百臺集結成一團前來這個國家；據說它們是擅自越過城牆而來的。

想像一下大量機器人步行前來的樣子，會覺得相當奇特對吧？如果在旅行途中目擊，應該會懷疑自己眼睛有沒有問題吧。

聽說它們雖然外觀是那個樣子，但能完全理解人類的話語，也能照人類所說的去做。要求它們待在那裡，它們就會一直待在那裡；叫它們跟過來，它們就會跟過來。

只不過，它們似乎不能說話。

一開始覺得相當害怕的居民們，沒多久就明白那些東西對自己無害，也就不去理會。

因為比起那些東西，每天的農事都忙不完了。

結果機器人們展開了完全無法預料的行動。它們竟然開始邊看邊模仿並幫助居民們的農事了。

居民們一開始當然很驚訝，而且也不想要被干擾。

可是，在看到機器人們積極努力地模仿，而且動作愈來愈熟練之後，這回他們就好好地去教導機器人了。

先叫喚機器人到自己身邊，並展示想要對方做的行動，如果機器人做錯了就加以修正。簡直就像是教導小孩一般的細心。

想像一下人類教導機器人務農的樣子，會覺得非常不可思議對吧？

之後機器人們就將必要的行動全都記住了。

而且，只要一個機器人記住作業程序，似乎別的機器人們也一樣能輕鬆執行同樣的作業。

就這樣，居民們跟機器人開始一起務農了。

機器人們記住了人類無法工作的時間，比方說早上的祈禱時間、中午的吃飯時間，當然還有睡覺時間之類——在這些時候它們會先行下田。國民們也說，這對他們有非常大的幫助。

好啦，我的故事到此要做個結束了。

我在這個國家待了兩天，跟這個國家的領袖也就是「國長」交談了。

我將周圍各國的情況，毫不隱瞞地告訴對方；對方也讓我享用了非常美味的餐點作為回禮。

然後我就從這個不可思議的國家出境，繼續旅行去——

只不過有一股強烈的念頭，一直懸在我心上。

啊啊，這代表「我在感到憂慮」了，也可以說「我有危機意識」。

我一出境就有這種感覺，即使在過了幾十年的今天，感受依然強烈。

那就是——

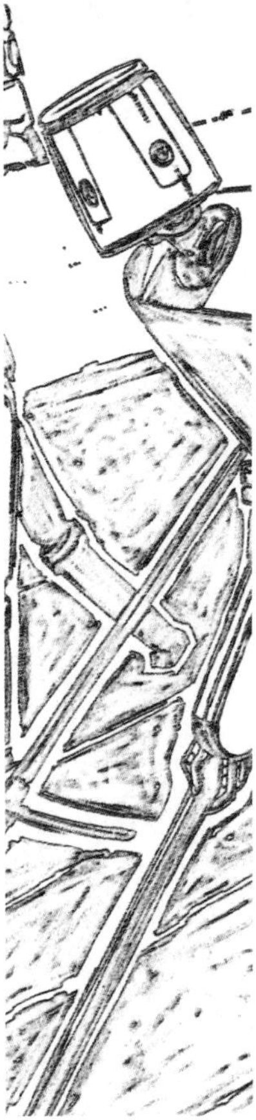

「有機器人在之國」
—Sustainable—

「那就是？奇諾？」

「其實呢，漢密斯……我記不起來了……」

「哎呀糟糕。」

在穿越整片草原的泥土路上，一輛摩托車（註：兩輪的車子，尤其是指不在天空飛行的交通工具）正行駛著。

摩托車擁有銀色的油箱，後輪左右邊滿載旅行用品。

騎士是名年輕人，十五六歲，戴著附有帽簷及耳罩的帽子，以及銀框的防風眼鏡。身上穿著黑色夾克，腰上束著粗皮帶，右腿的位置掛著一把用槍套收納的左輪手槍。

萬里無雲的初夏天空，呈現一望無際的清澈蒼藍。

在長度及膝的草原中筆直延伸的泥土路上，摩托車背向朝陽疾駛。

「嗯～是什麼呢……師父懸在心上的強烈念頭……想不起來……」

名叫奇諾的騎士，有些不甘心地說。

「會是到頭來她還是不知道機器人從哪裡來的事嗎？」

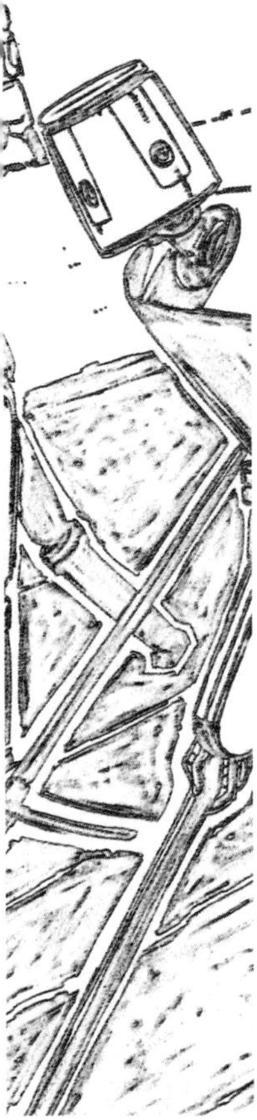

「不是，我確定不是這件事。啊啊，一直想不起來會很介意啊。」

「那就沒辦法了，我們回到師父那邊去聽她再說一次吧！」

「我就在這邊等好了，可以拜託漢密斯你獨自一車咻一下飛上天空去嗎？我一面喝茶一面等你半天可以嗎？」

「不要叫我做我辦不到的事啦～」

名叫漢密斯的摩托車說完後，奇諾說：

「對吧。所以，我只好靠自己想起來，或者是在現場找線索了。另外，有關機器人為什麼會來的謎題，如果可以知道答案，我也想知道。依照旅行者的傳言，它們還在那個國家。」

「不過，妳沒辦法跟那些機器人們說話吧？」

「人類是沒辦法。不過，如果是摩托車漢密斯，或許就有可能性了吧？」

「雖然奇諾把摩托車的能力捧太高有一點討厭，不過算了，我就盡力去做做看吧！」

在漢密斯充滿活力說完這句話的瞬間，城牆從地平線的下方浮現出來了。

「我會期待的。」

「到目前為止的情況，都跟師父告訴我的一樣。」

奇諾與漢密斯在入境審查結束之後進入國內，整個上午就在國內緩緩行駛。

在入境審查的時候，入境審查官語氣平淡地對詢問機器人是否還在的奇諾這麼回答：

「就在那邊。」

事實上對方也沒說錯。

奇諾與漢密斯行駛在泥土路上，沿路左右兩側分別向遠方擴展的農田當中，可以看見許多機器人們。

即使奇諾以極近距離通過，機器人也沒有注意到她這邊，就如同「目不轉睛」字面意義一般地專注工作。

在道路上，奇諾他們追過了正拉著拖車把大量西瓜搬運出來的機器人。

「好厲害……真是不可思議的光景……」

雖然機器人那玩具一般的外形，確實就跟師父所說的一樣，但在機體四處卻有顏色不一樣的部位。這些部位貼上了別塊金屬板，就像是補丁一樣。

「原來如此……是用來『治療』損傷的部位吧。」

「這個嘛，畢竟都用了幾十年啦。」

奇諾與漢密斯繼續行駛，但不管行駛到哪裡，都沒有看見任何人的蹤影。

「沒有任何人在耶。」

「是吃中飯的時間嗎？」

「還是說，可能所有作業都已經交給機器人去做了吧。」

「啊，原來如此，這個想法比較有道理。也就是說，居民們可以不用工作悠閒過生活了。」

「真是樂園呢。奇諾要不要也住住看？」

「不，今天就不用了。」

「明天呢？」

「明天也不用了。」

奇諾與漢密斯進入城鎮中。

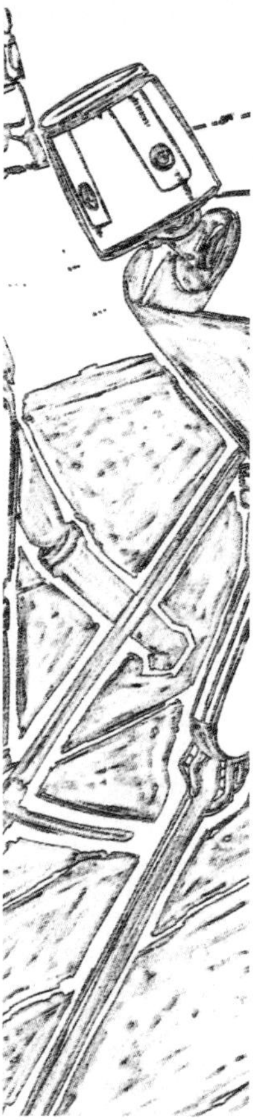

雖然說是城鎮，但眼前是一片只有十來間木造住宅並列於道路左右的牧歌風格景象。

「這裡也跟師父所說的一樣，就算經過幾十年，他們還是過著同樣的生活。」

「奇諾，有人哦，左邊。」

漢密斯發現到的是一名老婆婆。她坐在位於建築物旁邊陰影當中的木箱上，正對幾隻小鳥撒飼料餵食。

奇諾在老婆婆前方隔了一段距離的地點將漢密斯的引擎熄火，以慣性靠近；不過即使這樣，還是讓所有小鳥驚嚇到逃離現場。

奇諾將漢密斯停下，推著摩托車走最後一段路。接著她持續朝那名非常高齡，看起來似乎超過九十歲的女性走近。

面對往這邊看過來的老婆婆，奇諾脫下了帽子跟防風眼鏡點頭致意：

「午安，我是旅行者。抱歉讓鳥飛走了。」

「妳好喔～」

結果老婆婆搖了搖頭，說：

「啊，這種事情就別在意了，反正牠們馬上就會飛回來。重要的是，我還比較不容易看到旅行者。那臺機械會說話吧，我第一次看到啊。」

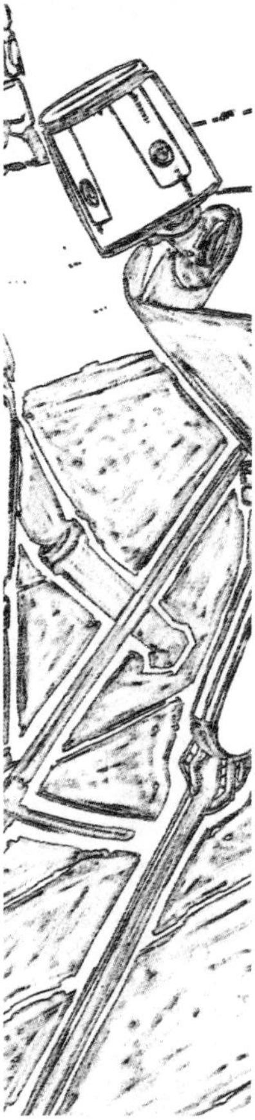

奇諾將漢密斯以主腳架立妥之後，繼續走近老婆婆身邊：

「我叫奇諾，這位是我的伙伴漢密斯，我們剛入境不久。關於這個國家，我有事情想問，不曉得可不可以？」

「好啊，想問什麼都行。」

老婆婆從自己原本坐的位置稍微挪了挪，用右手拍了拍木箱。奇諾往那裡坐了下去。

「我想問的是，在農田裡工作的那些像人類的機械的事。我是把那些機械稱呼為機器人。」

「嗯，嗯，在這個國家也是這麼叫的。」

「我聽說機器人不是這個國家製造出來的東西，是從某個地方過來的。是真的嗎？」

「對，對，是這樣沒錯。那個人告訴妳正確資訊，是個好人呢。」

「告訴我的人說這是幾十年以前的事。我聽說在那之後它們就幫助你們務農了。」

「是這樣沒錯，是這樣沒錯。我到現在還記得很清楚，有一天那些不可思議的機械人們突然前來的事，還有那個時候全國大騷動的事。」

「現在機器人也在工作，我沒看到人的身影。現在所有的務農作業都交給機器人做了嗎？」

「啊啊，這個就完全不對了哦。」

「妳的意思是？」

「今天是『人類的休假日』啊。我們呢，只要自己工作了三天，就會去休假一天哦。」

奇諾與漢密斯向老婆婆道謝之後，便出發前往國家中心區域。

「為什麼要特別過去呢？明明所有的事情都問那位溫柔的老婆婆就好了啊。可以問她，為什麼人類跟機器人要輪流休假啊。」

「漢密斯，讓老人講太久的話不好喔。而且小鳥們也圍過來想吃飼料了。再說——」

「再說？」

「如果師父的故事是真的……」

「是真的？」

「我只要跟國長見面並傳達旅遊情報，就可以吃一頓飯了吧？」

「哇啊，天生窮苦命～！妳還先把小鳥們跟老婆婆什麼的拿出來講，原來這才是理由啊～！」

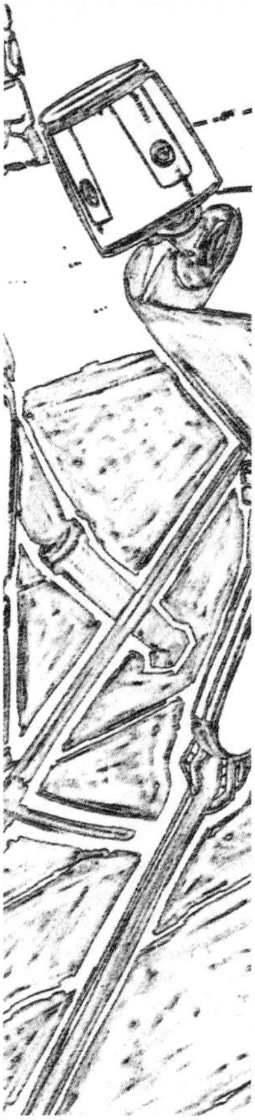

「是的，這才是理由啊。」

「那我們就走吧！」

就這樣，奇諾與漢密斯一面看著在這邊跟那邊工作的機器人，一面持續不斷的在漫長的道路上行駛。在接近黃昏的時候，他們終於抵達了廣大國家的中心區域。

他們在這個國家首度發現到的「都市」，就在這裡。道路鋪上了柏油，路的兩旁建造了最高約有五層樓的石砌大廈，步行的人也很多，而且雖然數量少但也有汽車在行駛。

「這裡算是『第幾大道』啊？我想盡可能地到市中心去。」

奇諾在十字路口一停下，就被一名跑過來的警察主動出聲叫住了。

「是來逮捕的？」

雖然漢密斯很開心地說，不過對方並不是來逮捕，而是來介紹今晚住宿的場所，並進一步邀請他們參加國長的晚宴。

警察告訴他們，有來自東邊城門的聯絡，如果旅行者來到首都就要奉命招待對方與國長共餐。

奇諾爽快的接受了：

「真是『完全符合計畫』。」

「警察叔叔，就是這個人在貪小便宜。」

傍晚。

奇諾與漢密斯正在應該是這個國家最豪華的餐廳當中。

穿著白襯衫的奇諾坐在椅子上，漢密斯在其身後立好腳架，跟一群身穿西裝的男女共同將寬大的餐桌圍住。在他們的周圍站著幾名強壯的男子，應該是隨扈吧。

國長是位滿臉鬍鬚面目和善的中年男子，在慎重地向奇諾他們打過招呼之後，便提議是否先行用餐，奇諾沒有拒絕。

「沒有拒絕的理由嘛，反正很閒～」

漢密斯在奇諾後方低聲地自言自語，沒有任何人聽見。

在奇諾將以蔬菜為主而且多到滿出來的套餐一掃而空之後，有人向她詢問周邊國家的情勢。

而她也毫不欺瞞，將自己所知道的事情全數回答了。

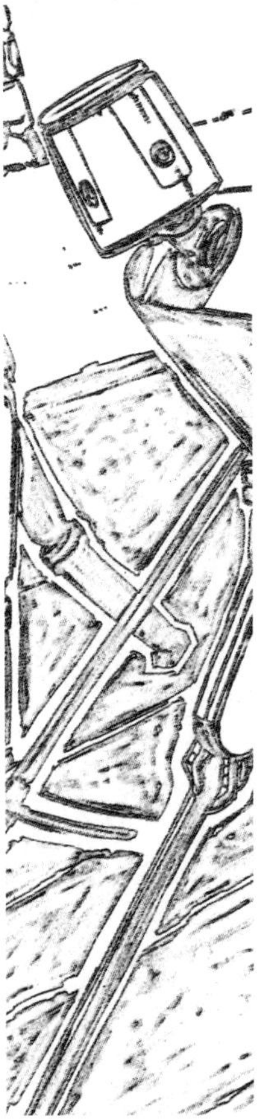

「有機器人在之國」
—Sustainable—

「國外的情報對我們非常有助益，我代表國家表達感謝，謝謝。」

被國長道謝的奇諾還沒開口說話——

「我這邊也有事情想問，可以嗎？」

漢密斯就搶先用相當無禮的語氣發問了。

國長完全沒有表露心情變差的神態，而是以坦率的語氣說：

「哎呀真是的，什麼都可以問！雖然話是這麼說，不過你想問的事情，就算不用問我也知道！是有關那些機器人的事吧？」

「賓果！」

漢密斯答道。奇諾點了點頭，說：

「是的。雖然我曾經聽以前見過面的旅行者說過，知道機器人是從某個地方來的事——可是有件事在我來到這個國家之後才第一次知道，心中一直有疑問。」

「嗯，妳說的那件事是？」

「為什麼，它們要跟人類交替休假呢？」

國長還有其他的大人物們，對奇諾的問題露出了疑惑的表情。

雖然顯露了似乎是要說「我真的聽不懂妳這問題的意思是什麼」的表情，但沒多久國長就理解並點了點頭：

「啊啊，是這麼一回事啊……我知道了！原來如此！」

笑容從鬍子底下浮現出來的國長這麼說：

「奇諾你們認為那些機器人是機械吧。」

「是的，是這樣沒錯……」

「這想法很合理。畢竟事實上，不管怎麼看都是機械啊。不過，在我國是不一樣的。那些機器人在我國是『伙伴』。雖然不是人類，但他們跟人類一樣，都是在一起工作的伙伴。所以，就像我們人類有休假一樣，他們也有休假的必要。」

「原來如此……」

「你們能夠接受嗎？」

「不能。不過，我們非常清楚明白理由了。」

「有話直說很好。因為他們不會疲勞也不需要食物，所以，我們確實是可以要求他們不分晝

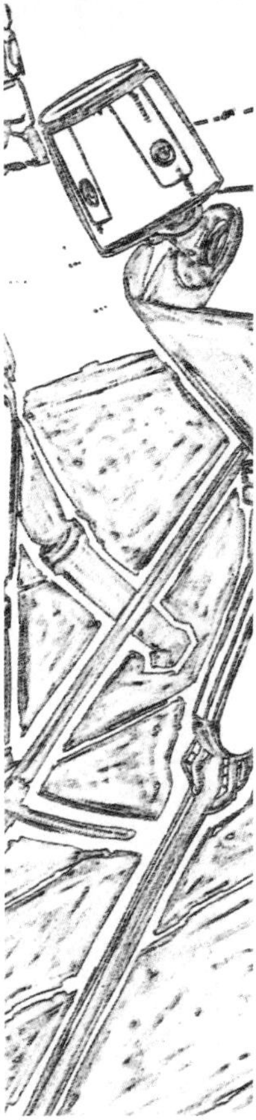

夜、連日不斷工作；我們也可以什麼都不做，食用他們種植出來的農作物活下去。可是，這樣子我們無法接受。我們自己去吃食物，工作時間卻總是比他們短，這是絕對不應該發生的事。」

漢密斯說話了：

「所以，每三天就會休一天假吧～」

「是的。幾十年前，我們以國民投票選擇休假天數，將最多人選出來的天數予以採用並作為國家的方針。即使如此，因為在他們來之前我們的務農作業是全年無休的，這個結果是讓我們也輕鬆了不少啊。」

隔天，也是奇諾他們入境之後第二天的早上。

奇諾在黎明時被叫起來。

在天空剛開始微亮的清晨，高亢到足以將人驚醒的擴音喇叭聲響就傳遍全市：

『各位國民早安。今天也要快樂有活力地勤勉過完一整天喔。今日也是天氣晴朗、微風徐徐、絕佳務農的好天氣。不要忘了補給水分跟鹽分，請多攝取加了鹽的西瓜吧。』

這段廣播，以相當大的音量播放著。

「唔啊……？」

奇諾從床上一撐起身子——

「好厲害啊～真不愧是農業國，整個國家在這個時間就開始工作了。」

在窗邊以腳架立好的漢密斯就說話了。

「這個國家的人們，真的是工作狂啊……託他們的福，我至少可以不用去做把漢密斯叫起來的工作了。」

「那真是太好了。早安奇諾。」

「早安漢密斯。」

奇諾與漢密斯將絕大部分的旅行用品留在房間裡，就這麼從昨晚國長分配給他們住宿的旅館出發了。

離開城市之後，他們又一次行駛在開展到地平線盡頭的農田當中。

雖然景色是跟昨天相同，不過今天工作的全都是人類。

在廣大到令人傻眼的農田中，汗水從這個國家居民們的額頭上流下來。

「要耕種這麼廣大的農田，而且幾乎都是用手工作業……真辛苦。」

「是啊，不過嘛——」

「我清楚明白他們的心情了。如果是『伙伴』的話，就像是對我而言的漢密斯那樣吧。」

「哎呀好高興，那麼奇諾，我們要不要試著交換一下角色看看呢？」

「這提案不錯！」

「要踢奇諾的哪個地方，才可以發動引擎呢？」

「誰知道？我不知道。漢密斯，你就隨便到處踢踢看吧。」

奇諾與漢密斯一面愉快閒扯，一面行駛。

「話說回來了，奇諾，謎題還沒解開對吧？」

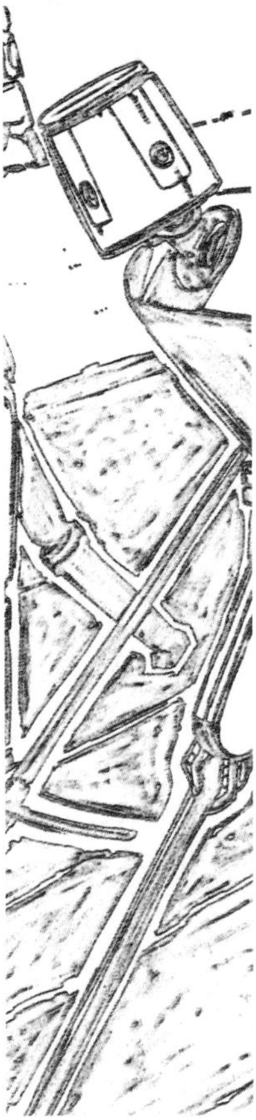

漢密斯從下方發問，奇諾搖了搖頭，說：

「沒解開……師父到底是對這個國家的什麼東西這麼擔心呢……？」

「會是什麼呢？現在這個國家還是好好存在著，而且也看不出來有問題。」

「如果可以跟機器人對話，或許能夠得到這個問題的答案，或者說是線索也不一定。因為得到了許可，我們就去試著跟機器人『見面』看看吧。」

「去哪裡？」

「從這裡直走，會有一間已經無人使用的大型穀物倉庫，據說非工作日的機器人好像會回到那裡去躲避風雨。他們說就算進去裡面也沒關係。」

「怎麼會？妳什麼時候問到的！不過，我也不知道可不可以對話，妳別太期待喔。」

「我會期待的。因為漢密斯這麼說的時候，都會留下相當好的結果。」

「妳又來了。」

奇諾與漢密斯平順行駛，終於在地平線的正中央，看到了紅褐色的倉庫。

前穀物倉庫可說是一棟會讓人聯想到學校校舍的超大型建築物。

這是一棟有著粗大鋼骨結構、給人一種不易親近感受的長方形建築物，屋頂是鍍鋅的波浪板。

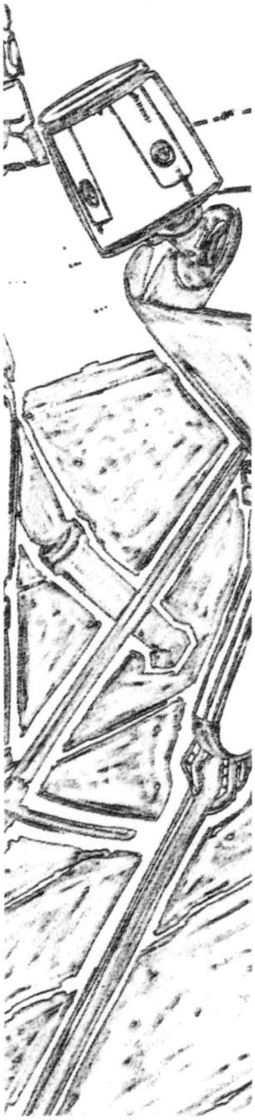

可以看得到幾處在經年累月的耗損下鑿穿出來的破洞，以別的波浪板修繕過的痕跡。

廣大的周圍區域鋪上了礫石，還放置了好幾十臺拖車，應該是給機器人上班——或者應該說是上工時使用的吧。

因為沒有任何人類在場，奇諾與漢密斯緩緩駛近，在敞開的滑門前方停下。

奇諾從漢密斯上面下來。

「午安……？」

她慢慢窺視昏暗的內部。

「嗚哇！」

並被眼前這番光景震懾到向後退卻。

在倉庫中，機器人們像積木一樣密密麻麻地堆疊在一起。

它們身體橫躺、頭部位置相互交錯，至少有大約二十臺機器人一層一層躺在同一處地點。

因為有這麼多疊機器人在建築物當中接連並排的關係，總共到底有幾百臺還是有幾千臺，完全無法推測出來。

「嗯～好壯觀呢。」

漢密斯在後方發聲說。

奇諾慢慢地推著漢密斯向內部行進。

她僅以眼角餘光瞥過這些並排著好像要準備出貨的機器人們。

「好像都沒有正在動的機器人啊……」

奇諾與漢密斯繼續前進。

這時候，他們聽見了微弱的金屬敲擊聲。那道聲響是從堆積如山的機器人身體後方那一頭發出來的。

「在後頭呢。」

「過去看看。」

因此奇諾先將漢密斯推出倉庫，再發動引擎。他們繞過倉庫外圍，來到了與剛才的入口完全相對的位置。

「啊啊，原來如此。」

知道了聲響的原因。

在那裡，有幾臺機器人正在修機器人。

一臺機器人從這個國家棄置車輛殘骸之類的廢棄物處理場中將零件取出，然後以可怕的力量扭斷了零件。

它將那零件碎片往伙伴鏽穿的破洞部位貼過去，以人類所使用的氣焊機進行熔合。

「原來靠自己也能用那樣的做法修繕啊……好厲害的機械……」

奇諾深受感動，漢密斯則從下方開口說：

「動力來源會是什麼呢？是單純用太陽能電池嗎？還是說是核能呢？或者說是反物質爐吧？也有可能是來自於人造衛星的雷射供電。妳怎麼看，奇諾？」

「在我怎麼看以前，其實我不太懂漢密斯所說的話啊。」

「那就算了。重要的是，它們能不能說話對吧。」

「沒錯——漢密斯，希望你試著去搭話。」

「如果它們能說話呢？」

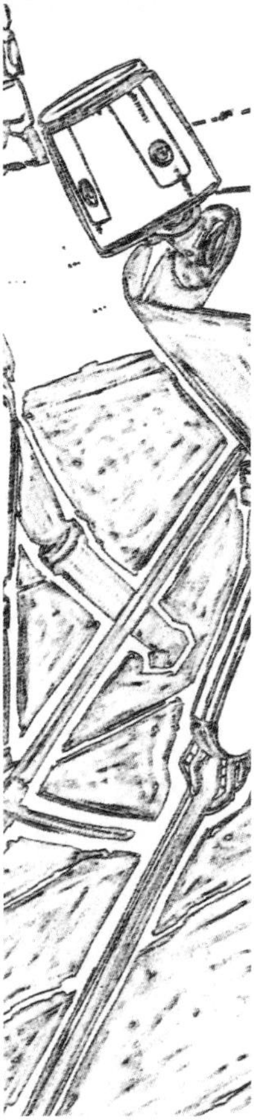

「希望你問它們：『你們是從哪裡來，又為什麼要幫助這個國家的人們呢？』。」

「它們說：『不知道』。」

「什麼？」

漢密斯對睜大眼睛、嘴巴合不起來的奇諾說：

「不管是誰，也就是說不管哪個機器人，都說這個問題它不知道。」

「咦？」

奇諾來回看著機器人們與漢密斯，接著她問道：

「呃，漢密斯……你已經問了嗎？」

「問了啊，它們可以對話喔。」

「呃，然後你說，它們告訴你：『不知道』？」

「沒錯，它們說在這裡的每一個機器人都不知道，還說它們只是接受指令要幫忙減輕這個國家人們的勞力，又說要對人的命令全面服從。其他好像還有像是不可以傷害人類啦、不可以看人受傷就放著不管啦、在這些以外的情況下要保護自己身體之類的規則，不過那些都已經無所謂了啦。」

「…………」

「有得到線索了嗎？想起來些什麼了嗎？」

「沒有……很遺憾……」

「算啦，反正這個國家的人也都一直不知道真相就跟它們共存了，奇諾就算把這件事跟謎團一起當成回憶也沒什麼不好喔。」

「漢密斯你……竟然說出了非常美好、而且正經的事情……」

「妳很沒禮貌耶。」

「謝謝你，漢密斯。」

奇諾看著持續焊接修理伙伴們的機器人，說：

「在這之後，它們跟這個國家的人們，就一直都是伙伴了吧。」

「是啊。」

「那就好。」

在奇諾說出這句話的瞬間，機器人將水桶一般的臉往上抬了一下。

然後，以一個鏡頭靜靜看著奇諾。

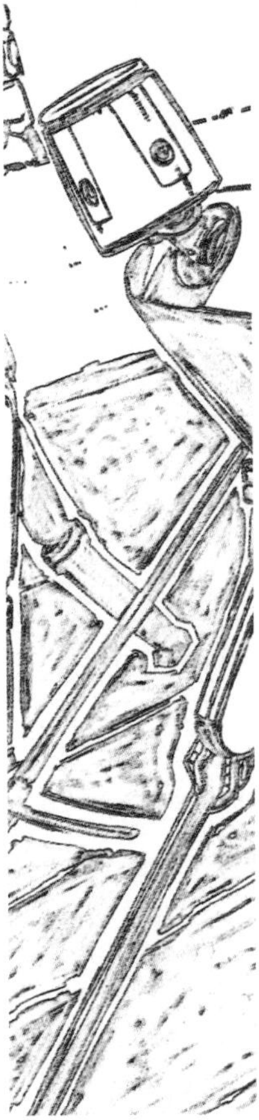

「它說什麼？」

奇諾發問，漢密斯回答：

「沒耶，沒有特別說什麼喔。」

隔天。

在奇諾入境後第三天的早上，奇諾在黎明前沒多久的時候醒來。

她一醒來那擴音喇叭就響聲大作，開始廣播。

「漢密斯？」

因為漢密斯沒有醒來，奇諾就進行早晨的拔槍射擊練習，然後她似乎有些離情依依的淋浴完畢，吃了早餐。

在太陽升起時分她敲醒了漢密斯。

「唔啊？」

「早安漢密斯。」

「早安奇諾。」

並將所有的行李用品裝好載滿。

果然是個好天氣的日子。

奇諾與漢密斯在城市補給燃料，隨後出發。

在早晨陽光的照射下，他們行駛於人們一早就開始工作的農田當中道路上；在持續行駛到上午過了一半的時候，他們終於抵達西邊的城門。

奇諾與漢密斯在入境審查官那邊辦好出境手續，穿過城門隧道。

然後他們一下子來到城牆外面，再度眺望延伸至地平線的草原。

在今日也同樣萬里無雲的天空之下，高度及膝的濃綠顏色在微風中搖曳。

「好了，就走吧。帶著謎團一起走。」

「走嘍！」

奇諾與漢密斯向前奔馳。

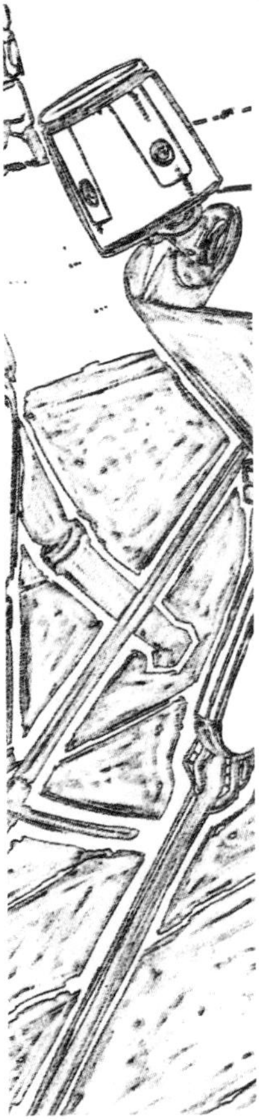

向前奔馳到城牆沉沒於地平線的下方，即使回望也看不見的時候。

「啊，有機器人在。」

因為漢密斯有所察覺的關係，奇諾緊急剎車。

「唔哇啊，好粗魯！」

漢密斯生氣了。

奇諾騎在一路甩尾至道路正中央停住的漢密斯上方。

「在哪裡……？」

來回轉頭張望。全周圍三百六十度，只看得見一片綠色地毯與一條道路。

「嗯～怎麼說呢，我現在請它出來喔。」

「什麼？」

漢密斯這番話，讓奇諾一臉疑惑的將引擎熄火。

在寂靜下來的世界裡，一個綠色物體從草原中起身，彷彿像稻草人一般的站在奇諾眼前。

「唔……！」

這物體跟在國內的機器人非常相像，但全身只有一種綠色，不知道是不是迷彩塗裝。

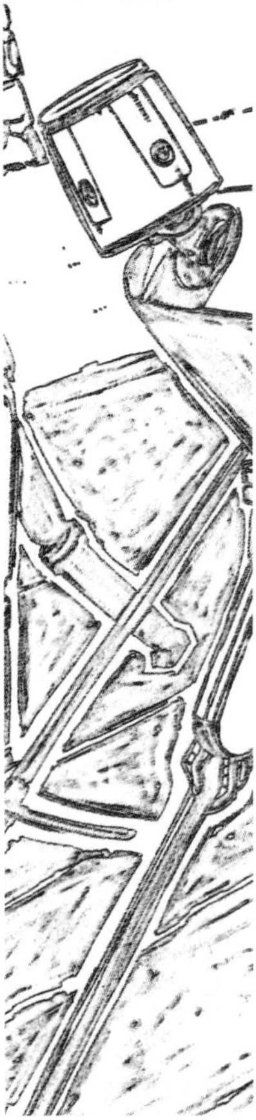

「這個……如果隱藏起來真的無法分辨啊……」

奇諾將原本扠在腰上的手緩緩上舉，說：

「漢密斯，拜託你了。」

「嗯。話說回來，其實也不是不可以向前走喔？就算妳不管它向前進，它也不會生氣喔？」

「如果你跟『它』可以交談，希望你可以問它各式各樣的事。問題的內容就——交給你了。」

「交給我了！」

漢密斯開心地叫喊。而在這之後還沒有經過一秒鐘的時間，他就說了：

「奇諾，它問：『你們有沒有任何一絲絲回去那個國家的可能性？』，回答它『沒有』可以吧？」

「…………就回答『沒有』。」

「了解～」

「它說：『可以回答你們的問題，可是如果你們聽完一切之後還要回去那個國家，我就不得不毫不留情地攻擊了』，似乎是很謹慎地再做確認，怎麼辦？」
「也就是說，如果不回去，它就會把一切都告訴我們吧？」
「它說：『沒錯』。」
奇諾凝視著綠色的稻草人那黑色的鏡頭，回答了：
「我們不回去，希望你告訴我們。」
「它說：『那就告訴你們』。因為我會一次把所有問題問完，可以稍等一下嗎？」
「你說的一下是？」
「差不多五秒。」
「好快！」
接下來，奇諾度過了什麼也聽不見的五秒鐘。
原本還站著的機器人，第六秒鐘有了動作；在奇諾度過七秒鐘的時候，從奇諾的視野消失。
「咦？」
不管怎麼搜尋，都已經找不到機器人的蹤影。整個地方就只剩下草原而已。
「那麼奇諾，我們走吧。我問到的事情，就在路上邊走邊跟妳說。」
「我知道了……」

奇諾發動漢密斯的引擎，讓喧鬧的排氣聲響起，沿著道路向前行駛。

不過奇諾仍不時轉頭向後張望。

「沒問題的，它不會跟過來啦。因為那個機器人一定要在那個地方一直監視才行。」

「漢密斯……你問了什麼樣的事？」

「那些機器人們的任務。」

「那任務……是什麼？」

「其實它們真的有目的，說是為了要『完全滅亡那個國家』。」

「…………怎麼做？」

「把工作搶走。」

「什麼？」

「就是突然擅自闖進那個國家，一心一意工作，讓人樂得輕鬆。讓人不需要去做任何事也可以活下去，就是這些機器人們所背負的使命喔。」

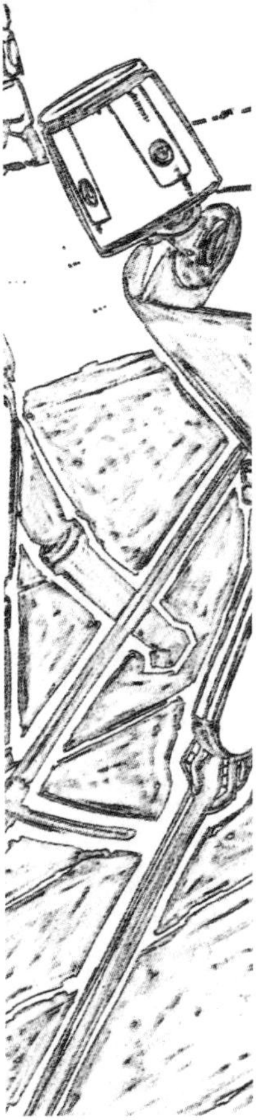

「所以，它們才會被要求對任何指示都要服從嗎……」
「沒錯。」
「然後呢……？」
「這麼一來，人類們就不需要去做任何勞動了。一旦人類們體驗到輕鬆的感覺而懶惰下來，變得再也無法認真工作時；換句話說，只要機器人們不在，人類們的所有一切生活就無法順利運作的話——」
「它們就會一齊停止活動……？」
「很可惜答錯了。它們會一齊出境，再到別的國家去重複做同一件事。而在它們滅了那個國家之後，又會到下一個國家、再到下一個國家、再一個再一個再一個再一個再一個——」
「也就是說，是某個誰下達這樣的命令並製作機器人嗎？」
「好像是。」
「好像是？」
「它說它們也不知道啊。就像是人類在懂事以前沒有嬰兒時候的記憶一樣，它說它們也只有攜帶這種命令存在以後的記憶。所以，它們沒有停止的理由，也不知道停止的方法。」
「這還滿……可怕的……」

「是可怕啊。可是呢——」

「是啊……」

奇諾一面行駛一面轉頭向後望去。雖然從剛才開始就已經看不見國家了，不過這回果然還是看不見。

「那個國家並沒有變成那樣。國民把機器人們當作是『伙伴』，並沒有做出把自己的工作全都拋棄的事情。」

「沒錯，幾十年來都是這樣。而且，可能從今以後也是這樣。」

「所以機器人們——只好一直等下去了……」

「就是這樣。那個綠色的機器人也說，它一～直一～直躲藏在草原中啊。」

「啊！啊啊啊啊啊啊！」

奇諾大叫，漢密斯搖晃起來。

「怎麼了奇諾？妳肚子痛嗎？」

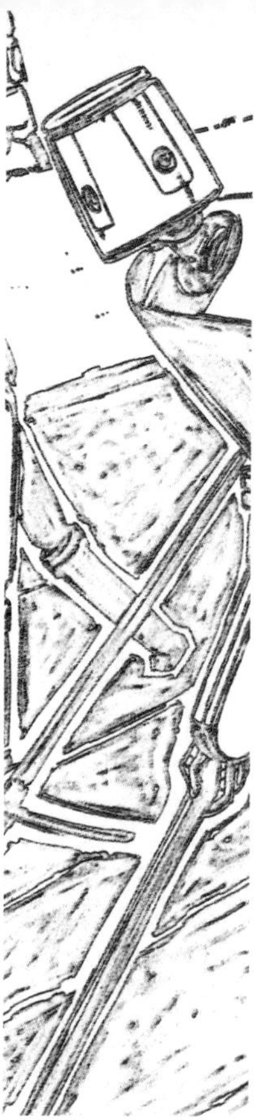

「不是這樣！不是這樣啦！漢密斯，我想起來了！我剛剛想起來了！」

「是忘記東西嗎？不能回去那個國家了喔？」

「不是啦！是我曾經忘記的事情啦！是師父懸在心上的——強烈念頭！」

接著奇諾笑出聲來，她開心地笑著、笑著、笑著。

「好奸詐！告訴我！」

笑到讓漢密斯生氣之後。

「好啊，我告訴你！師父說她懸在心上的強烈念頭呢——」

奇諾才回答問題：

「就是『在那個國家的人該不會到了某一天都變得不想工作，一旦機器人壞掉的話就全死光了吧』——這個啦！」

第二話

「粉紅島」

—Pink Elephants—

第二話「粉紅島」
—Pink Elephants—

我的名字叫蘇，是一輛摩托車。

我被設計成能夠放在小客車後車廂隨身攜帶，是有點特殊的摩托車。我的車體原本就很小，當龍頭跟座椅摺疊起來就變得更小巧。不過，速度並不怎麼快。

騎乘我的主人叫芙特，性別是女性，年齡十七歲。蓄有一頭至背部的黑色長髮。

歷經許多風雨而好不容易抵達這個國家的我們，開始在這裡生活。而且又發生許多事情，讓芙特變成有錢人——但是她對照相愈來愈有興趣，目前正從事接受委託幫人拍照的工作。

而芙特（Photo）這個暱稱就是從攝影而來的，她以前並沒有名字。

「我要去這裡！拍照片！」

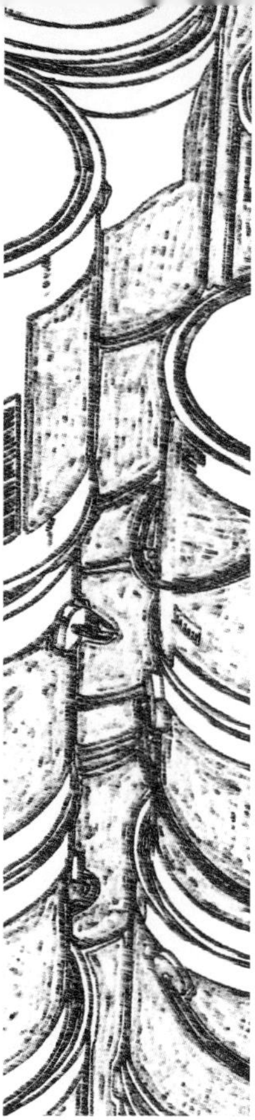

「粉紅島」
—Pink Elephants—

某個夏日傍晚，芙特給正用主腳架佇立的我看了一張舊的風景明信片，同時發表了十分有精神的話語。地點是照相館的客廳，當然並沒有客人或他人在場。

雖然說是給我看，可是因為摩托車的眼睛到底會在哪裡之類的問題就連我也不知道答案，所以她也只是從小包包裡頭取出風景明信片再拿到我的油箱上空而已。

「哪邊哪邊？」

那是一張印上彩色照片的風景明信片。

因為是從高處把街景拍攝進去的照片，所以我面對了一大片水；又由於她說「我要去」，代表這照片就是這個國家的風景不會有錯，而這個國家並沒有海，所以應該是位於湖中的島吧。仔細一看，後方可以隱約看得見橋。

此外，照片中有一大片是粉紅色的。

家家戶戶的牆壁跟屋頂都毫不客氣地塗上粉紅色，塗到了如果沒有陰影，就完全分不出到哪個地方是屋頂到哪個地方又是牆壁的程度。

而且，就連橫貫於這些住宅之間的道路也塗上了粉紅色，豎立在那道路上的瓦斯燈也是粉紅色，甚至連浮在水面上的小船都還是粉紅色。在照片中不是粉紅色的，就是藍色的天空跟湖面，以及白色的雲而已吧。

在照片下方，有一段說明文字。

『位於南部地方的這座島的居民們，因為日常生活幾乎沒有離開過島，所以保留了獨特的生活樣式。』

拍攝時間，是距今九年以前。

「我明白這座島的人們，熱愛粉紅色到令人傻眼的程度了。」

居然油漆還不會不夠呢。

「從這邊到那邊都是粉紅色，實在是太可愛了～」

「可不可愛先不去管，如果對粉紅色極度喜歡到那個地步的話也還滿舒爽的。那麼我們走吧。」

我話說完，芙特的眼睛就睜圓了：

「可以嗎？」

「沒什麼可不可以的，妳的人生可以照妳喜歡的去決定啊？我只在妳有生命危險的時候，還有

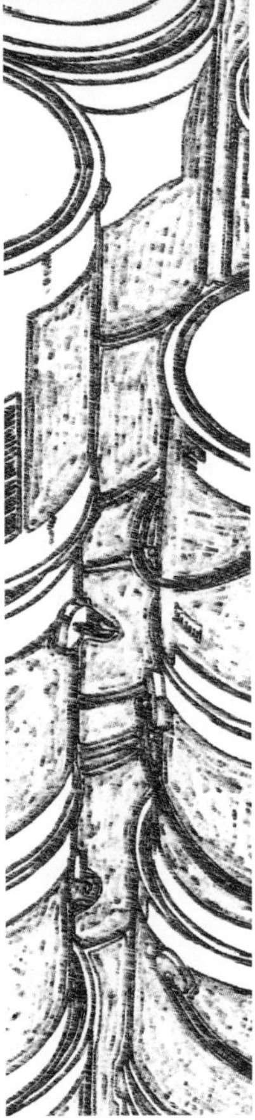

妳要花大錢的時候，才會反對啦。」

「好！——那我們明天去！剛好也沒有工作要趕！」

「ＯＫ，就走吧。」

「我們去『粉紅島』！拍照片！」

就這樣在隔天早上，相當早的清晨。

一輛側面漆有照相館館名與電話號碼的淡藍色小型卡車，載著我跟數量龐大的攝影器材，由芙特駕駛。

我們出發，前往那座距離這裡有一整天以上車程的島。

「好紅……」

芙特在小型卡車的車斗上，在我的旁邊這麼說。

昨天，我們從早到晚行駛；接近午夜的時候，我們到了拍攝那張風景明信片的地點，就是可以俯瞰全島的山上。

接著我們在車上過夜等待白天到來，等著等著，等到黎明之光照亮世界，我們就看到了。

島是鮮紅色的。

家家戶戶的牆壁跟屋頂、道路、瓦斯燈、甚至連小船都是紅的，除了天空跟湖水以外的一切都是紅的，完完全全的鮮紅色。

風景明信片上的粉紅色照片景色，總感覺有一種溫馨的氣氛，或者說有可愛的地方。

可是，現在我們所看到的紅色街景，老實說太超過了。就只是刺眼，也讓人無感。在太陽升起，街景受到日光直射之後，就更不用說了。

順帶一提，我的車體雖然也是紅色，不過這是另外一回事。這件事就先那樣吧，現在請把它忘了。摩托車就是要顯眼的顏色才好啦。

「我說蘇……我的眼睛會不會因為長時間駕駛壞掉了呀？全部看起來都是紅色的……」

芙特無力地說，我老實回應：

「沒喔，妳沒說錯是紅的喔。就是那種『R：255　G：0　B：0』的感覺吧。」

「粉紅島」
—Pink Elephants—

「……雖然聽不太懂，我的眼睛沒有問題對吧，太好了。」

「那張風景明信片，是印壞褪色了吧。」

「會有這麼簡單嗎？這樣的話，我們只好去那座島找個人問問看了！」

芙特讓我繼續擺在車斗上，自己坐上卡車開始駕駛。

我們一面觀看藍色湖泊一面下山，過了唯一連結島上的超級長橋，進了這座「紅島」。

一進這座刺眼的島，我們馬上就在豎立於紅色道路上的紅色公車站牌桿子那邊，看到了正在等公車的中年女子。

是名從裙子外套到帽子，甚至連手上拿著的包包都是紅色的女子。

雖說是無與倫比的華麗，可是在這個任何東西都是紅色的城鎮當中，反而有種成了保護色的感覺。這樣會被車子撞吧？

「早安您好。那個，不曉得方不方便打擾一下……？」

芙特將卡車停住並下了車，有禮貌地主動向對方問話。

因為感覺這島滿封閉的，我怕對方對外地人會很冷淡。

「哎呀！是島外的人！好可愛的小妹妹！是的早安！」

不過女子用笑容回應了。她對我們說，什麼事都可以問哦。這句話真令人感謝。

「那麼我就恭敬不如從命了……這座島，呃這個……好像全都塗上了同一種顏色的樣子？」

芙特委婉地詢問，女子則自豪地大大點頭，說：

「沒錯！就是這樣！所有的一切東西都塗了！我們島民長久以來愛到不行的顏色！」

「呃……可是關於這一點，我以前聽人家說是別的顏色……」

「咦？不是的，一直都一樣哦。」

女子在驚訝的同時回答了。完全看不出她有說謊的跡象，果然如我所料就是這麼不妙。簡單說，這裡從一開始就是紅色的了。

「我們的島——一直一直，都非常喜歡粉紅色！」

「咦？」「咦？」

芙特跟我不禁異口同聲了。

不對，不管用多麼偏心的眼光去看，也很難把這顏色說成是粉紅色吧？是紅色吧？還是說連我也怪怪的嗎？

「這座島上，所有人都對粉紅色喜歡到受不了！所以，把可以塗的東西全都塗上了粉紅色！」
女子彷彿在表達自己可以好好打發時間一樣，滔滔不絕的說著。
順帶一提，環遊島內的公車還沒有來，大概也是紅色的公車。
「很可愛吧？很漂亮吧？很美好吧？小妹妹妳也把那輛卡車跟照相機塗成粉紅色好不好？」
「呃，這個、還不用啦。不過這個顏色……對我來說，看起來跟粉紅色有一點不一樣。」
芙特慎選用詞說道。
「哎呀真討厭，就是粉紅色呀。大概在這五年，粉紅色當中有一點鮮豔的色系一直很流行！島上的村長從外地邀請來的設計師就有了一個點子！果然即使都一樣是粉紅色，鮮豔一點可以讓心情更加高揚！」
不對，這是紅色。
「設計師也把新的塗裝業者介紹給我們，託他們的福可以取得粉紅色的油漆不用擔心缺貨，對島上的大家有非常大的幫助！不過價格跟以前比起來有一點點貴就是了！」

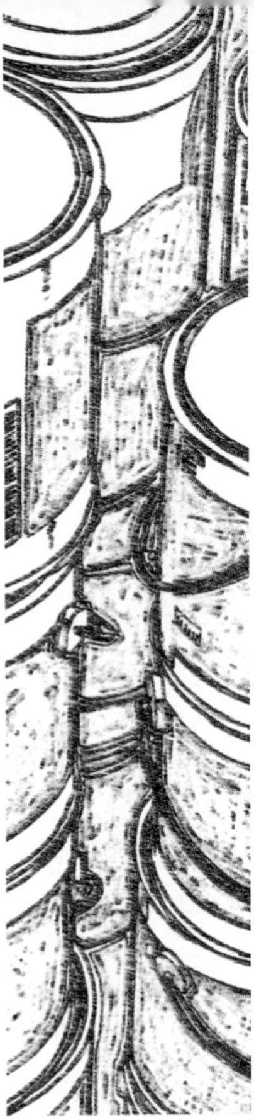
「粉紅島」
—Pink Elephants—

是紅色的油漆吧。

這個，應該是村長跟設計師還有塗裝業者，所有人一起串通好的吧？

「所以現在大家都在塗這種粉紅色！」

「這樣啊……原來如此……」

芙特無力地說。

順帶一提，從今天早上到現在，這傢伙連一張照片都沒有拍。

「對了對了，摩托車你雖然是很帥氣的粉紅色——」

紅色啦。

「不過那輛卡車果然還是應該要塗上一樣的粉紅色才好啊！那種顏色在這座島上絕對是不好的！不適合、不好看、還有點寒酸！會讓大家笑的哦？等我一下！」

女子如此說完，便走進位於公車站前方的紅色住家中。

然後她一下子就出來了，手上拿著大大的油漆罐。

雖然罐外的顏色，怎麼看都是紅的——

但寫在那裡的大大文字卻是「粉紅色」。

「就用這罐塗吧！妳不知道塗的方法嗎？沒關係我教妳！」

面對這名彷彿要把罐中的東西全部潑灑過來的女子。

「啊！不用了！沒關係的！不好意思！真的很謝謝您！」

芙特只能擠出這幾句話，隨即慌慌張張回到卡車上，像是要逃離般地將車子發動。

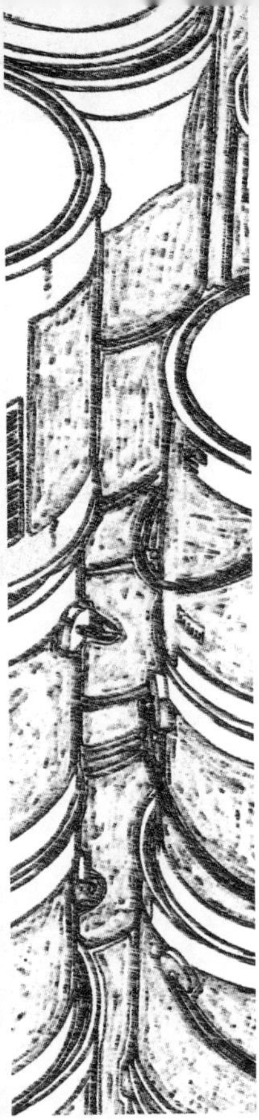

「粉紅島」
—Pink Elephants—

第三話
「沉眠之國」
—Dreamers—

第三話「沉眠之國」

—Dreamers—

奇諾與漢密斯，在剛抵達的山頭所看到的東西——

「箱子……？」

「是箱子喔，奇諾。」

是箱子。

位於下坡路盡頭的盆地當中，置放了一只巨大的箱子。

因為奇諾他們是在一座非常高的山稜線上，所以他們所俯視的前方盆地當中的平坦區域也非常廣大。

在那個夏季的濃綠森林向四周擴展之處，孤零零地設置了一只放射出尖銳光芒的銀色立方體。

因為天氣很好，那筆直的邊緣線條，看起來非常明顯。立方體的其中一面，則將陽光反射得相當刺眼。

「啊啊，太好了。差點以為我的頭腦跟眼睛終於快要壞掉了。」

「其實是什麼也看不見的喔，奇諾，妳到底是在說些什麼呢？會不會是在作夢啊？」

「好啦好啦。」

奇諾保持跨坐的姿勢，從存放在漢密斯那邊的行李中取出了瞄準鏡。

她將瞄準鏡拿到眼前，調高倍率對著箱子，透過鏡頭觀察箱子的表面。沒有接縫，也分辨不太出來是不是金屬材質。

「奇諾，正下方也要看一看，有國家喔。」

奇諾將瞄準鏡對過去，正如漢密斯所說，灰色的城牆在樹木高聳的森林中穿越，圍住了銀色箱子。

再仔細一看，城鎮就緊緊靠在銀色箱子的旁邊，因為箱子實在太大的關係，住家跟大廈看起來就像玩具。

奇諾一面將瞄準鏡放回原處，一面說：

「如果在那個國家入境的話，對方會告訴我們那個巨大到可怕的箱子是什麼嗎？」

「如果光問可以不用錢的話就好了呢，奇諾。」

奇諾與漢密斯，沿著坡道下山前行。

「妳說那只箱子嗎？那是守護我們的永遠生命的東西啊！」

其實在入境之前，奇諾跟漢密斯就得到答案了。

在森林中的城門口，入境審查官就直接告訴他們了。

「你的意思是？」

因為完全無法理解這答案的意義，於是奇諾詢問。

穿著西裝的入境審查官，是名非常年輕的男子，年齡看起來還不到二十歲。

他似乎非常感動，將原本進行的手續放下不管，對奇諾如此說明：

「在那裡，有許多國民們沉眠著！」

「沉眠著……？」

奇諾將頭歪向一邊表達不解。

「也就是說該不會——」

漢密斯的話聲……

「那裡可不是墓地喔！」

則被入境審查官用笑容打斷了。

「大家都還活著！只不過是長時間沉眠著而已！」

「長時間、沉眠著……？」

奇諾將頭歪向了另外一邊。

年輕的入境審查官得意洋洋地問道：

「請問旅行者們知道『冷凍睡眠』嗎？」

奇諾將頭左右搖晃，漢密斯則這麼說：

「是一種將人類的身體保存在低溫當中，讓它一直睡眠的技術吧。這麼做能讓肉體不會衰老，不管是幾年還是幾十年，就算是幾百年也真的可以睡下去。」

「沉眠之國」
—Dreamers—

「就是這樣，真不愧是摩托車！」

入境審查官有些不甘心地說。

雖然隔著城牆看不見，奇諾還是將視線移向巨大箱子的所在方位，同時發問：

「所以說……在那裡頭，現在也還是有好幾個人被冷凍著，可是他們並不是死了而是沉眠了嗎……？」

入境審查官得意洋洋地回答：

「不對，是好幾百萬人！現在這時候，有一百八十五萬三千五百三十二人，正在那裡頭的特製膠囊床上沉眠著！」

「…………」

「這太厲害了！那麼，該不會該不會——」

「是的就是這樣！就是到現在為止，幾乎所有出生在這個國家的人了！」

「果然是這樣～！」

就在漢密斯跟入境檢察官爭相察覺對方話中含意正興高采烈的時候，奇諾發問了：

「可以詢問一下這麼做的理由嗎？」

「可以！這當然是為了要長生啊！」

「長、生……？」

「人類的壽命呢——這個嘛雖然也是因地而異，不過從幾十歲到最多一百歲出頭的說法都有；而且，每年都會隨著醫療技術的進步不斷延長。據說到了未來，就連不治之症也會變成治得好的病，老化的研究也會有所進展，壽命就會一直一直延長下去對吧？」

「嗯嗯，所以，你們就想要『先去睡到這麼美好的時代到來為止』吧？」

「是的就是這樣！我們一直相信！人在未來將不再會遇到衰老之類的事情！會身心都健康地永遠生存下去！」

「原來如此！你們是為了獲得『永遠的生命』而去睡眠的啊。那麼那麼，你們到了幾歲就會去睡呢？」

「是的！國民在二十歲的生日就會取得睡眠的權利！」

「二十歲！好年輕啊！」

「對吧！」

「沉眠之國」
—Dreamers—

因為漢密斯跟入境審查官都非常興高采烈。

「…………」

於是奇諾保持沉默，繼續把話聽下去。

「一旦到了二十歲的生日，國民就會接受『出遊儀式』，那是一場非常盛大的典禮。先是大吃大喝，大鬧一整晚；然後會在家人跟朋友，也就是自己最喜歡的人們送行下，進入祖先沉眠區域的膠囊中躺好，為了得到永遠的生命睡下去！」

「嗯嗯！」

「我明年就要接受儀式了！真的非常期待呢！光是像這樣講出口就興奮起來了！只要睡到下次醒來，就可以跟二十歲的父母親、祖先大人還有朋友一樣，得到可以永遠生存下去的身體！所謂沉眠的時間什麼的，在醒來以後去回顧都是一瞬間的事啦！」

「那麼，這個國家的人們在二十歲以前，不管發生什麼事都不能死呢。」

「沒錯！所以所有人都會澈底關心自己的健康。為了不讓死亡事故有萬一……不對，億一發生的機會，我們用法律禁止所有一切危險的行為，像是旅行者妳這樣騎乘交通工具之類的。所以，進入國內以後就要請妳一直推車走路，敬請理解喔。」

「培養興趣的機會變少了呢。你們有空閒的時候，會做些什麼呢？」

「沉眠之國」
—Dreamers—

「雖然很常被旅行者問這個問題，不過總之我們沒什麼多餘的空閒所以請你們放心。」

「什麼？」

「為了要去管理冷凍睡眠裝置，需要非常大量的勞動力。因為絕對不能讓停電或故障之類的狀況發生，我們連一瞬間都不能鬆懈。基於這個理由，所有國民都要拚命努力工作。我們從懂事以後就開始勞動，雖然主要是從事農耕作業生產國民的食物，不過如果頭腦的優秀程度受到認可的話，就會接受差不多半年左右符合工作需要的技職教育，然後就去擔任高階的工作。」

「原來如此。那麼，你們沒有假日嗎？」

「沒有喔。我是因為會跟外地人說話才知道，但所謂『假日』這個詞本身，打從一開始大家是都不知道的。我們每天都有工作。雖然硬要說的話，女性生產小孩的時候就算不來工作也沒關係，但那也是為了維持人口的重要任務啊！在我國，十四歲之後就可以結婚，十五歲之後就會有小孩。我們規定在二十歲以前，為了不讓人口減少，最少也要有兩個小孩。」

「每天都有工作啊。」

「沒錯。我們每天從醒來到睡覺，都會有某個工作要做。像我也是，白天像這樣當個入境審查官，晚上則在為冷凍睡眠提供電力的發電廠工作到白天喔。」

「也許我可能是多擔心了，可是你有好好地睡嗎？」

「我有好好地睡啊！每天剛剛好睡兩小時！」

「那就好！」

奇諾一直保持沉默。

入境審查官則對這樣的奇諾露出爽朗的笑容：

「怎麼樣呢旅行者！旅行者要不要也移民到我國來呢？我們不管什麼時候都大大歡迎勞動力！然後妳要不要拚命努力工作，等到二十歲，就跟我們一起睡到未來，得到永遠的生命呢？」

奇諾保持沉默。

第四話
「愚者死了也沒差之國」
—Foolproof—

第四話「愚者死了也沒差之國」

—Foolproof—

在紅葉森林中，一輛摩托車停著不動。

在染成紅紅黃黃的高大樹林當中，有一條筆直向西延伸的泥土路。在這條可通行卡車的寬敞道路旁邊，一輛摩托車以主腳架佇立著。

摩托車的後輪旁邊設有箱子，上面載著包包跟捲成一捆的睡袋，還滿載了旅行用品。

太陽的位置在西南方，將紅葉照得鮮豔明亮。在沒有風吹，以秋天標準而言還滿暖和的氣溫當中，只聽得見鳥無預警地發出尖銳的鳴叫聲。

突然，摩托車大叫出聲：

「差不多該起床嘍～！起床嘍～！起床啦～！起床啦～！」

鳥的鳴叫聲也停了。

「啊～嗯，我知道啦。謝謝你，漢密斯。」

一道微弱的聲音在森林中回答。

過了一段寂靜的時間，等到鳥終於再度鳴叫的時候，有個人從大樹的樹蔭底下走出來。

那是個十五六歲的年輕人，身上穿著黑色夾克，腰上束著粗皮帶，右腿的位置掛著掌中說服者（註：說服者是槍械。這裡是指手槍）的槍套，槍套中收著一把左輪手槍。

「妳睡得好嗎？奇諾。不過鳥還滿吵的就是了。」

名叫漢密斯的摩托車發問。

「雖然睡的時間少，不過我睡得非常好，謝謝你幫我警戒道路的狀況。」

名叫奇諾的人回答。

奇諾將捲成一捆的吊床跟棕色大衣夾在左腋下，在漢密斯旁邊站定位，再把它們收進後輪旁邊的箱子裡。

「小事情沒什麼啦，奇諾。順帶一提，有三隻鳥、四隻蜥蜴、四十三隻蟲經過這條道路；至於牠們是什麼樣的品種呢，需要各類動物的詳細資料嗎？」

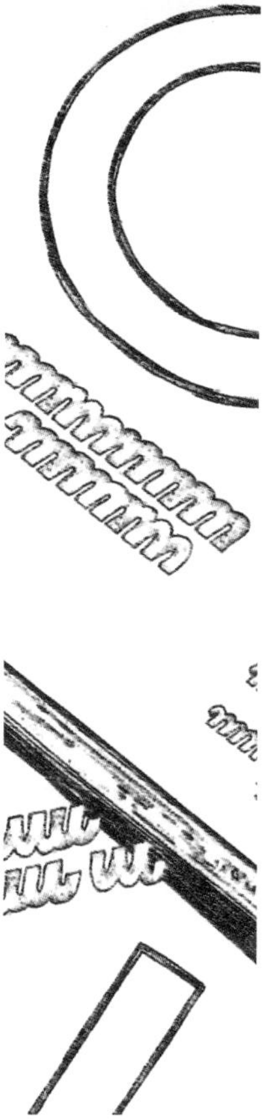

「愚者死了也沒差之國」
—Foolproof—

「不用，沒關係，那不重要。」

「我知道。重要的是敵人還是友軍對吧？」

「『敵人還是友軍』？」

「對，就是好吃，還是不好吃。」

「原來如此。」

「剛才呢，有一隻大鳥突然急速降落在我眼前喔。我在想如果是奇諾的話，應該會覺得好吃吧？」

「那真是、太好了……吧？不管好不好吃，我都沒有吃到啊？」

「算啦算啦，睡完午覺以後就好好騎到底吧？我們沒有空在這邊烤肉了喔。」

「沒錯。很好，我就努力騎吧。」

奇諾戴上了附有帽簷及耳罩的帽子，把防風眼鏡裝備好，並把手套戴好。

在跨上漢密斯之後，她向前一推讓腳架鬆開，朝啟動桿一踩發動引擎，說：

「到日落的時候，應該可以抵達下一個國家才對。」

奇諾與漢密斯順暢地奔馳在堅硬結實好行駛的道路上，落葉也隨之飛揚到半空中。

他們彷彿在追逐綠色地平線上的太陽，一路持續不間斷向西行進。

「下一個國家，是什麼樣的國家呢？」

漢密斯從下方發問，奇諾則往下瞥了一眼，說：

「奇怪？在上一個國家出境的時候，我們是一起聽入境審查官說話的沒錯吧？」

「是聽了，然後我在中途睡著了。」

奇諾抬起頭，紅葉森林的流動映照在防風眼鏡的鏡片上，接著說：

「明明那個人說明得相當詳細啊……算了，簡單來說——」

「來說？」

「就是獨裁者的國家吧。」

「是喔，好像很有趣。」

「就先不問為什麼你會覺得有趣了。根據我聽到的說法——」

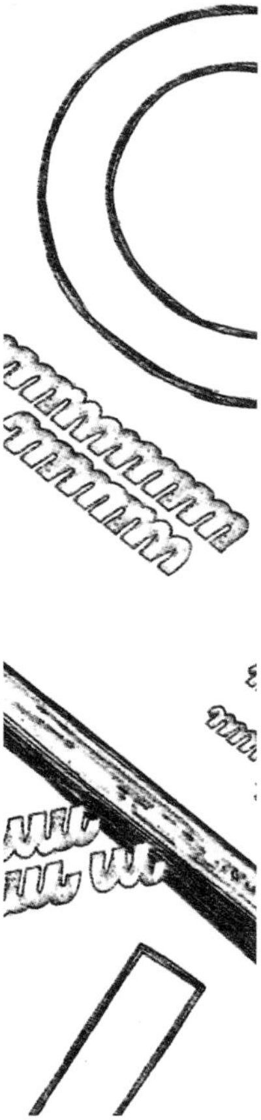

「愚者死了也沒差之國」
—Foolproof—

「說法？」

「在那個國家，已經有二十年以上是由一位自稱『總統』的男子統治。他率領軍隊發動政變，推翻了當時的政權；在那之後他一步步修改法律擴張自己的權力，毫不留情地處死反抗他的人；最後他修改憲法，創設了到死為止都不會遭到罷免的『總統』職位，並一直在那個位子上任意妄為。雖然說形式上，總統是『透過國民投票選舉出來的』，不過呢──」

「如果投票給其他人的話，或者是誰都不投的話，就會有生命危險對吧？真的很像圖畫裡頭會出現的那種典型獨裁者呢。」

「是啊。在那之後他在原本就已經高度開發的科學技術領域投注資金，也取得顯著的發展。其成果就是完美打造了一套嚴格管理國民的系統。只要稍微對國政唱一下反調馬上就會被這系統發現到，聽說好一點的話是送去監獄，不然就是要送到九泉之下去了。」

「哎呀好可怕，這樣的話就只有地鼠可以反抗他了。」

「只不過，現在那個國家的國民並不認為他是『獨裁者』。他有『救國英雄』、『偉大領袖』、還有『國父』之類的名號。大家也好像沒有被矇騙的跡象，都是真心讚揚他的。」

「當然。先不管那些真心這麼想的人了，就算有不這麼想的人，只要敢說他壞話就會從社會上消失；剩下來的就只有讚揚他的人，跟不敢說他壞話的人了。」

「這個嘛，應該是會變成那樣吧。」

「有時候妳會在某個入境的國家聽到有人說：『旅行者請聽我說！這個國家是個殘忍的獨裁國家！』吧？」

「是有吧。想跟外面來的人抱怨自己國家的人，似乎是比我想像的還要多。」

「可是，我在那個時候就覺得，可以在國內把那些事情講得那麼大聲的國家，其實完全不是獨裁國家吧。」

「的確……算了，總之那個人講了很多，就在我說：『你是不是想要阻止我去獨裁者之國啊』的時候——」

「那個人就說：『不是！絕對是去比較好！』，對吧？」

「……其實你已經醒來了吧？漢密斯。」

「我真的睡著了，可是我猜得到喔。像那樣的獨裁國家，不論如何就是希望讓外在形象好一點。所以呢，對於馬上就會出境走人的旅行者，就算會監視也還是會盛情款待，免費讓妳住宿，免費讓妳吃很多好吃的東西，也就是說讓妳快樂得不得了！」

「就是這樣。那個人也說了完全一模一樣的話，還說只要我對有關國家政治體制的事情，不管看到或聽到什麼都保持沉默的話，那裡就是最棒的『觀光國家』了。」

「這下子不去不行啦！」

「所以我現在正前往那個國家。」

「太棒了趕快！就去好好體驗那是什麼樣的國家吧！」

「只是，在國內還是不能隨便講『獨裁』的事情吧。畢竟不知道會有誰在哪個地方聽我們說話，而且也會有監視攝影機或監聽麥克風才對。」

「真的是『隔牆有耳、隔門有眼』啊！」

「……啊，沒有錯。」

「妳很沒禮貌耶。那麼我們創造一個密語吧！通關密語！暗號！在想讓對方感覺到跟獨裁有關的事情時，就在對話中加上『那個』這個詞！，然後就看氣氛去察覺！」

「『那個』嗎，我知道了。」

「詳細的事情跟感想，就等後天出境以後再說嘍。」

「了解。」

一個勁持續奔馳的奇諾與漢密斯，在太陽下沉到比奇諾的帽簷還低時，看到了高聳的城牆。

「旅行者歡迎光臨！請問妳的入境目的是觀光嗎？是觀光吧？是觀光沒錯吧？」

在剛抵達的城門邊，面對在語氣上就是除此以外的入境目的都不會同意的入境審查官——

「是的。雖然也還有休息與補給必要物資的目標，不過主要目的是觀光。如果能讓我停留三天我會很高興。」

奇諾如此回應。

身穿西裝的中年男子露出滿意的笑容，說：

「那就可以准許入境沒有問題，請先看這個。」

展示在奇諾眼前的，是一臺筆記本大小與造型的機械裝置。其中一整面是螢幕，側邊則有好幾個開關。

「哦～！這個攜帶式終端機，是用來代替身分證的吧！」

先是漢密斯第一時間開口說話。

「您這麼快就理解幫了我非常大的忙！那麼，請二位就帶著它吧！」

再來入境審查官也很高興的這麼說。

「呃……因為，我完全不知道這是什麼……麻煩你為我做說明。」

奇諾則是在最後，以非常困惑的表情如此說。

「這真是抱歉，這臺機械裝置呢——」

入境審查官以熟練的動作進行說明。

這是一臺通訊機器，只要在國內不管在哪裡，就算在建築物的地下室，也可以透過電波進行各式各樣的資訊交流。

因為有了這機器，不管在什麼樣的商店都可以用它來付款，所以已經沒有人使用現金。而且，國家會補助旅行者在停留期間的花費，因此可以購買東西到某個程度的金額上限。

如果沒有這機器，就沒辦法在這個國家生活——也就是說，全體國民每一個人都一定會有一臺，所以它也具備在公共場合作為身分證明的功能。

換句話說，這機器就算是奇諾的身分證了，所以直到出境以前都要機不離身，一定要一直隨身帶著它。

遇到麻煩的時候，只要長時間按著位於側邊的「緊急通報鈕」，警察就會在接收位置資訊後趕過來，所以希望到時候不用客氣就請對方幫忙。如果遇上遺失、竊盜等狀況的話，請立刻向附近的人求助，或者是按下城鎮中到處都有的「公眾通報鈕」，向警察報案。

「原來如此。」

「詳細的使用方法會在螢幕上顯示，我們也受理語音詢問——那麼，敬請期待您在停留期間所體驗到的美好時光。」

奇諾將那臺機器好好收進了腰間皮帶上的小包包裡。

接著，她在等待沉重的門打開之後，與漢密斯一起入境。

「是個技術發展程度相當高的國家呢，很久沒有到這種地方了。」

夜晚，在窗邊以主腳架立定的漢密斯，對剛在房內沖過澡、穿上預先準備好的睡衣走出來的奇諾這麼說。

旅館的房間很寬敞，也很乾淨。因為位於高樓大廈的高樓層，窗戶也很大，視野非常良好。

眼下可以看到行駛在城市當中的車輛大燈不間斷的流動，國家中央有許多大廈，明亮的街道向遠方開展。

「的確。不管是沖澡還是泡澡，都只要按一次開關就好；溫度也可以簡單用數字去設定，感覺非常舒適。」

奇諾一面說話一面坐到床上，朝擱在床邊桌子上的攜帶式終端機望了一眼。雖然螢幕畫面已經消失了，不過在邊角位置上的紅燈不斷閃爍，表示只要將它放在那邊就會進行充電。

「剛才免費享用的那頓晚餐——雖然是把肉跟豆子放在一起燉煮的濃湯、黑麥麵包、還有水果拼盤，不過真的很好吃。這裡到目前為止，是個非常好的國家。」

奇諾剛說完話——

「真的是這樣。話說回來那個呢？」

漢密斯就回應了。

「那個啊……怎麼說呢，都不知道去哪裡了耶？我還沒有發現到啊。」

「這樣啊，那就算啦。好啦，反正很閒我們就來看電視吧！」

「我知道了。是不是只要按下開關就好了啊？還是說哪裡有遙控器呢？」

奇諾剛移動她的視線——

「都不需要喔。『喂！開電視！』」

電視螢幕就在漢密斯這麼說完的一瞬間亮了起來。一名坐在攝影棚的西裝男子，顯現在略顯驚訝的奇諾眼睛當中。

「原來光靠聲音就可以操作啊……好厲害的技術。」

「大概連沖澡也可以這麼做喔，明天試試看吧。在房間四處，可都設好了麥克風喔，那個。」

「……啊啊，原來如此啊。」

奇諾再一次朝攜帶式終端機望了一眼，將視線移回電視上。

『親愛的各位國民，晚安，現在是晚間新聞的時間。』

正好節目剛開始，擔任主播的男子一直表情嚴肅，語氣平淡地持續播報陳述。

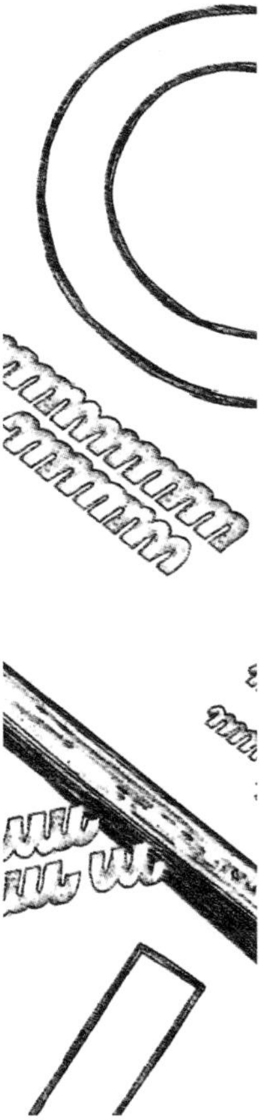

「順便說一下，好像就只有國營電視臺這一個頻道而已。」

「也就是說，全體國民都正在看這個頻道嗎？」

雖然奇諾與漢密斯看了好一陣子晚間新聞，不過新聞標題都是一些不重要的事。

像是家畜農場的生產率提升了，職業訓練學校舉行畢業典禮了，以及為了因應冬天，今後家用暖氣的燃料費用將會微幅調升之類的事。

「好奇怪？奇諾的事情，沒有播耶。」

漢密斯以開玩笑的語氣說。

「因為我還沒有做些什麼啊。」

「這之後就會做？」

「這之後也不會做。」

完全沒有播報任何案件或事故，和平的新聞就這麼來到了結束的時間。

主播在最後說：

『明天是假日，早上八點，將由總統閣下發表重大訊息。全體國民應收看節目的通知也已經發出來了。』

就在他這麼說的瞬間，枕頭旁邊的攜帶式終端機發出了「嗶～嗶～」的高亢聲響，更進一步地震動起來，讓床邊桌子也受到影響發出吵鬧的聲音。

「啊！哦，是這個啊……」

奇諾將視線轉過去並察覺到聲響的來源，她一面伸手一面說道：

「還以為漢密斯又在模仿什麼聲音了。」

「下次用這招叫妳起床好不好？」

「呃，不用了。」

奇諾把攜帶式終端機一拿起來，它的螢幕就亮了。奇諾看著那終端機好一會兒，用手指觸碰螢幕，讓畫面捲動到下方。

「奇諾，上面有寫什麼嗎？」

「跟剛才新聞裡頭播報的事情完全一樣。應該是要那些在這個時間看不到電視的人用這臺機器看的樣子。」

「原來如此，一定是要發表非常重大的訊息吧。奇諾妳入境的時機真好。」

「那麼，我就在期待明天到來的同時也去睡個覺吧。」

「明明妳白天才剛睡過耶？」

「晚上也要睡。漢密斯，之後可以拜託你嗎？」

「了解。如果又有看起來很好吃的鳥急速降落下來的話，這回我一定會把妳叫起來的。」

奇諾在鋪上全新床單的床上一躺下，就鑽進薄被子裡面，說：

「白色的床單最棒了……」

「妳白天不是才說過：『吊床最棒了』嗎？」

「我是說過。所謂最棒，是有各種形式的。」

「原來如此。晚安，奇諾。」

「晚安，漢密斯。」

在奇諾閉上眼睛，漢密斯隨即輕聲指示要房間暗下來的同時，燈光慢慢黯淡，窗戶的玻璃顏色也變黑了。

隔天早上。

奇諾在黎明時醒來。

在她睜開眼睛並從床上起身的同時，窗戶的玻璃一聲不響地慢慢回歸透明，來自淺藍天空的光線照進房間。

「原來是對我的動作有反應啊……這功能真厲害，不過如果能順便幫我把漢密斯敲醒，那就更棒了。」

「這可不行喔。」

「啊，你醒啦。」

奇諾一面看著晨靄如煙盤旋的城市，一面用掛在自己右腿上、名叫「卡農」的左輪手槍進行拔槍射擊練習。練習結束之後她做了些簡單的準備工作，然後又花了很久的時間好好沖了一次澡。

「早上電視都沒有播什麼啊。」

奇諾拋下了僅僅冷冰冰的顯示著時間的電視，以及看起來很閒的漢密斯，前往餐廳去吃早餐。

然後。

「啊啊，如果一直在這個國家的話一定會胖啊……」

她吃了一頓免費大餐，在八點以前回來了。

「要遲到了啦奇諾！真是的，我差點就想要去叫妳了！」

「你要怎麼叫？」

「算啦算啦，要開始嘍～奇諾，坐吧坐吧。」

「好啦好啦。那麼，會是發表什麼樣的重大訊息呢？」

「總統很乾脆地說他要退休之類的？」

「這個實在難以想像啊。」

「那麼，就是他要對那個那個嘍？」

「那個啊～說不定是那個呢……」

「妳知道？」

「不，不太知道。」

在奇諾坐到電視前方椅子上的同時，八點也到來了。

雖然口袋裡的攜帶式終端機在震動，不過奇諾沒去管它，就是盯著電視看。

從不知道設置在哪個地方的擴音機，播放著這個國家英勇豪邁的國歌；螢幕上也出現了這個國家的國旗，上面印的圖案是看起來很強的動物。

而在下一個畫面中露臉的人，是一名身著華麗軍服的男子。

他的綠色服裝上面縫製了大量黃穗，左胸前方則掛著數量足以讓肩膀痠痛的勳章。

頭上完全沒有一絲頭髮，連鬍子也沒有。從臉上皺紋等特徵來看，可以猜得到年齡在五十五歲前後。

總統在露出了親和的笑容之後，以好聽且相當明亮的聲調開始他的談話：

『親愛的各位國民——早安。』

「是，早安。」

不是國民，說穿了甚至不是人類的漢密斯如此回答。

「…………」

奇諾則沉默地看著。

總統隨即收回了打招呼用的笑容，以正經嚴肅的表情述說：

『今天我有重大訊息要發表。』

「我知道～」

『各位也都知道，我自從接受國民委託領導國家以來，讓這個偉大的國家達到了卓越發展的目標。』

「這好厲害。」

『阻礙國家安定的愚蠢叛亂分子也被全數剷除——』

「是那個啊～」

『治安常保安定——』

「這個好。」

『科學技術有顯著的發展，人們的生活也達到了前所未有的便利。』

「嗯嗯，便利便利。」

『我一直為了讓這個國家成為一個任何人都能夠幸福的理想國家而努力，各位也回應了我的這份期待，我很感謝。不過，如今還有一件該做的事情，是我一直在思考，總有一天一定要執行的政策。今天我就發表這項政策，並實際執行。』

總統先中斷了他的談話，並以認真的神情直盯著奇諾這邊。

「會是什麼呢？」

原本一直在隨聲附和的漢密斯對奇諾問道。

「誰知道……我猜不到。」

奇諾坦率地放棄猜測。

奇諾與漢密斯還有全體國民都在觀看的那名男子，再度開口了：

『在我國，存在了一定數量的「愚者」。不管我們進行了多麼卓越的教育，他們都沒有辦法得到作為人應有的智慧，是一群很可憐的人。』

「嗯？」

「唔唔？」

奇諾將頭歪向一邊表達不解，漢密斯則保持原狀不動。

『為了避免產生誤解我要事先說明，這些人並不是「天生智力發展遲緩的人們」，而是明明在肉體上沒有任何一點問題，卻自行放棄了「學習」這件事的人，也就是字面意義上的「愚者」。雖

然我到目前為止一直期待他們未來的可能性而放任不管，可是他們沒有改善的徵兆。我開始認為，這個國家已經不再需要愚鈍的人。正如散落在房間角落的垃圾需要收拾乾淨一樣，這個國家也有掃除的必要。』

「…………」

在奇諾沉默不語——

「…………」

漢密斯也為了表示不開玩笑而沉默的時候，房間裡就只有男子的發出的聲音。

『本來，這個案件應該是身為總統的我要自己負責任決定並實行的。不過，考量到事關重大，我認為只有這一次要委託給身為當事人的各位國民做決定。』

「咦？什麼意思？那個？不是要那個嗎？不自己隨便決定了嗎？」

「安靜點，漢密斯。」

「哎呀抱歉。」

『從現在起十小時後，也就是今日十八時開始到二十時結束的兩小時期間，請如往常一樣透過攜帶式終端機直接投票。投票問題是：「愚者是不是可以直接處死？」，沒有「可以」或「不行」以外的答案。對於沒有像是因病失去意識之類的特殊理由、卻不參加投票的人，我已經事先準備好罰則，納稅金額會增加到十倍。親愛的各位國民，以上就是來自於我的訊息。』

在演說結束之後的電視上，就這麼以文字顯示著總統剛才所說的文句，還特別慎重地用粗體字將「愚者」的定義標明在上面。奇諾以語音指示關掉了電視。

奇諾看著攜帶式終端機，那裡也顯示著相同的文句。在文句的旁邊，也啟動了投票開始時間的倒數計時。

奇諾將它展示給漢密斯看，說：

「還滿驚人的啊……」

「是滿驚人的耶。」

「雖然政策也很驚人，不過更讓人驚訝的是，沒想到會是『對政策的直接投票』啊。這當中究竟是基於什麼樣的考量呢？」

「如果要猜的話是猜得到喔。」

「怎麼說？」

奇諾先將攜帶式終端機擺在床鋪的被子上，再把枕頭放在那機器上面。等到她走回漢密斯的旁邊，就一屁股坐了下去，將臉靠到引擎邊，用盡可能小聲但可以對話的音量這麼說。

漢密斯也壓低了聲音說道：

「如果奇諾妳是國民的話，這問題，妳會按『ＮＯ』嗎？」

奇諾將臉貼近漢密斯的引擎，近到如果是一行駛就這麼做一定會燒燙傷的程度之後，以同樣細微的音量回應：

「我不會按，因為這代表明確違反總統先生的意志啊。」

「對吧？明明自己就可以乾脆地下命令，卻故意要進行投票，會不會代表他想要有一個『自己的想法是受到民眾支持的』的正當理由啊？某種意義上，這算是『逃避責任』吧？」

「原來如此……」

「不過呢，雖然這種想法是最自然的猜測，可是真正的理由，是除了他本人以外誰也不會知道的。」

「說得也是……」

奇諾將臉後退回去，起身回到床邊，看著枕頭底下的攜帶式終端機，上面的倒數計時繼續進行。奇諾一觸碰螢幕。

『妳是外國人，沒有投票的權利。』

畫面上就出現這段冷冰冰的文字，經過一段時間之後又消失了。

「那麼，我們去觀光吧！難得來的國家都沒有到處看看真是太可惜了！再說天氣也很好！」

「就這麼辦吧。」

奇諾與漢密斯把行李留在旅館內，只將大衣緊緊綁在載貨架上以防萬一，便出門在國內開跑。

國內的道路保養得相當美觀，車輛行駛順暢毫不阻塞。有車子的駕駛員瞥了奇諾他們一眼，又像是不想跟自己扯上關係般將目光移開。

漢密斯一面在高樓大廈之間快意行駛，一面說：

「我說奇諾，妳注意到了嗎？交通號誌是依照交通流量來控制的喔。」

「什麼意思？」

「為了不塞車，他們用來自於攜帶式終端機的位置資訊當依據，控制到像是『如果這條路線的車子增加的話，就讓綠燈亮長一點吧』之類的地步。還有，雖然這是我猜的，不過從剛才開始妳就沒怎麼被紅燈抓到對吧。」

「真的。」

「好像就因為妳是旅行者，所以就讓妳優先行駛了。」

「好厲害。」

「這一切全都是因為個人資訊被——個人資訊要詳細的提供出去才會有的！」

「是那個吧。」

「是那個啊。全方位的『便利』，其實跟『管理』是一體兩面的。」

「這樣啊。那麼，不需要準備現金，就可以輕鬆付款，也是——」

「為了讓國家很詳細的知道個人的一切收支資訊吧。像逃稅什麼的嘛，就辦不到了。」

「原來如此啊。」

奇諾與漢密斯越過城市，在住宅地區中行駛。

他們先是在外觀完全一模一樣，只有上面的數字不一樣的公寓大樓群當中行駛；在越過那個地方之後，又在外觀完全一模一樣的獨棟住宅群當中行駛。

雖然說是假日，可是幾乎看不到居民們的身影。

「大家是不是在傷腦筋啊？」

「也許吧。或者是已經下定決心，等不及要投票時間快點來之類的！」

奇諾與漢密斯只好單純的看著風景行駛。

在非常美麗的道路上行駛的奇諾，透露了她的感想：

「沒有任何一塊垃圾掉落在道路上呢，真美麗。」

「這有兩種可能性：掃除工作很細心，或者是丟棄垃圾的罰則非常嚴格。奇諾妳覺得是哪一種？」

「兩種都有吧……」

沒多久，就到了中午，奇諾低聲自語：

「肚子餓了。」

「這樣啊。」

她在農地前方找到一間餐廳並在那裡吃了午餐。

寬敞的店內沒有其他客人。接待奇諾的年輕店員，連一句多餘的話也沒說，就將一道麵料理提供給奇諾吃。

在熱湯中的麵上頭，豪邁擺放了大分量的全熟肉片；冰茶可以自由續杯，附加的點心中連水果都有。

「非常好吃。而且，還是國家付錢。」

「都是奇諾在享受好奸詐啊。可以用那個魔法機械幫我加高級燃料跟很貴的機油嗎？順便也幫我保養。」

「我試試看。」

奇諾在攜帶式終端機的螢幕上，查詢最近的燃料站跟車輛保養廠。她很快就知道地點，用地圖功能查出路線，前往那個地方。

雖然由於行駛的關係無法查看螢幕。

「沒問題，我記得。」

不過因為漢密斯光看一眼就把地圖記下來了，所以奇諾讓他照著路線行駛，沒遇上什麼困難就抵達目的地。

奇諾加滿了漢密斯的燃料，又在保養廠請對方更換漢密斯的機油。中年的保養工人動作俐落地換好機油，也手腳迅速地完成必要的保養作業，這裡的費用也全數由國家支付。

「好國家！也謝謝大叔！技術真好！」

雖然漢密斯這麼說，不過男子在一言不發的將漢密斯推到路上之後，就馬上衝回店裡不見蹤影了。

奇諾與漢密斯在國內四處奔馳到時針顯示為十六時為止，結果他們沒有跟任何人說到話就回來旅館了。

「晚餐呢？」

「在旅館吃頓豪華的。」

「我就知道。」

奇諾跟昨晚一樣，往旅館的餐廳走去。

「誰都、不在……」

餐廳內沒有任何人的身影，只有大量裝進箱子裡的麵包放置在那裡。

將近十八時，房間裡的電視還是老樣子不斷捲動播放同樣一段文句；攜帶式終端機也不斷顯示跟電視同樣的畫面。

「終於要到了。」

「期待期待！」

奇諾與漢密斯遠觀前方的電視螢幕。在剛好十八時的時候，畫面出現了一點變化。

『投票是國民的義務，不盡義務的人沒有資格接受權利。』

就是加上這段非常嚴苛的文句，更進一步顯示了距離投票結束有兩小時的倒數計時。

「開始了！到底會發展成什麼樣子呢。」

「我不知道。」

然而，除此以外沒有發生任何事。

螢幕上只有倒數計時器有動作。寧靜的夜晚時光，寧靜的不斷流逝。

「什麼都……沒有發生。」

「對啊。」

「好無聊。」

「對啊。」

開始整理起行李的奇諾跟看起來很閒的漢密斯有一搭沒一搭的閒聊打發時間，兩小時一下子就過去了。

『投票結束。』

螢幕畫面變了，改呈現這段比剛才還要冰冷的文句，最後則顯示這樣的文字：

『將在後天十二時發表結果。』

「什麼？」

奇諾無力的張嘴讓下巴落下。

「結果還是不知道嘛。怎麼辦？要延長停留時間嗎？」

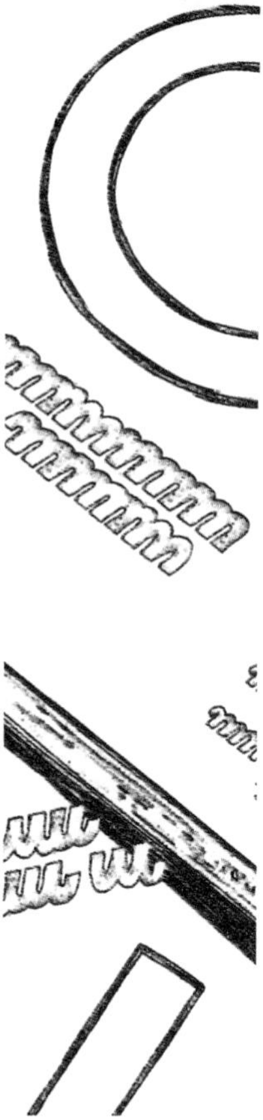

漢密斯則如此問道。

奇諾明確回答：

「要睡。」

「好的晚安。」

隔天，也是奇諾入境之後第三天的早上。

奇諾與漢密斯在西邊的城門前廣場。

身上穿著黑色夾克的奇諾坐在廣場旁邊的長椅上，等待自己的出境手續開始進行；滿載旅行用品的漢密斯以主腳架立妥，在她旁邊等候。

在奇諾他們前面，有一名正在辦出境手續的男子。

那是一名滿臉鬍鬚、滿頭亂髮，外表看起來很不整潔的男子。他戴著圓框太陽眼鏡，穿著皮夾克跟皮褲；而他的靴子非常漂亮，看起來像是全新的。

他的旅行代步工具是馬，是看起來身強力壯、筋骨壯碩結實的大型馬匹。他自己用的那一匹馬裝上了馬鞍，拖著另外一匹裝載旅行用品及舊布袋的馬跟在後頭。

一把栓動式步槍，則插在馬鞍旁邊的槍套中。

奇諾他們一面遠遠望著入境審查官跟那名男子對談——

「除了我以外，還是有旅行者會來這裡啊。」

「這個嘛當然會來啊！來這邊把美好的回憶帶走！那個皮夾克跟皮褲，一定是用國家的錢去拿全新的，不會有錯！奇諾妳說不定也可以再多拿一點自己想要的東西！」

「我已經拿到了機油、燃料，也拿到了攜帶糧食，已經很夠了。」

「每次都貪小便宜的奇諾，上哪裡去了？把一笨萬里的夢想丟掉是不行的喔！」

「…………『一本萬利』？」

「對，就是那個！」

一面閒扯的時候，出境審查終於告一段落。男子騎上了馬，拖著另外一匹馬慢慢地走出國境。

「好了，我是不是也要花很久的時間呢？」

「不要辦到明天就好。」

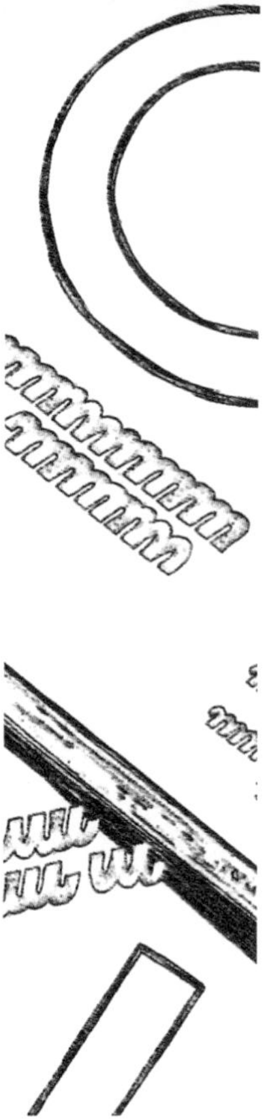

奇諾推著漢密斯走近城門。

她跟入境審查官打了聲招呼，告訴對方要出境。

「那麼，請歸還攜帶式終端機。」

聽到這句話的奇諾從小包包裡頭把機器拿起來交出去，入境審查官則按了幾次機器上的按鈕，再將它放在桌子上。

「已經確認過了，請出境。」

「咦？」

「已經可以了嗎？可是剛才那個有馬的人，不是花了超級久的時間？」

漢密斯問道。

「沒有問題。剛才那個人——」

入境審查官先是左右張望，然後壓低音量繼續說：

「只是因為歸還的終端機是有些舊型的機種，我懷疑是不是偽造的而已。雖然跟本部詢問花了一些時間，不過上級回應沒有問題。」

「這樣啊～」

奇諾與漢密斯穿過陰暗的城門，來到了國外。

沉重的門扉在後方逐漸關上，終於完全關閉。

「好了，我們走吧，漢密斯。」

「走嘍！奇諾！」

奇諾與漢密斯開始在地勢平坦的美麗紅葉森林中行駛。

在積滿大量落葉的道路上，奇諾他們疾駛而過，使得落葉宛如激起的水花般飛揚到半空中。

然後，等到回頭望去也看不見城牆的時候——

「終於可以說話了！可以把想說的都說出來了！」

漢密斯就很開心的說。

「終於可以說話了啊。好了，這是我的感想……」

「嗯嗯。」

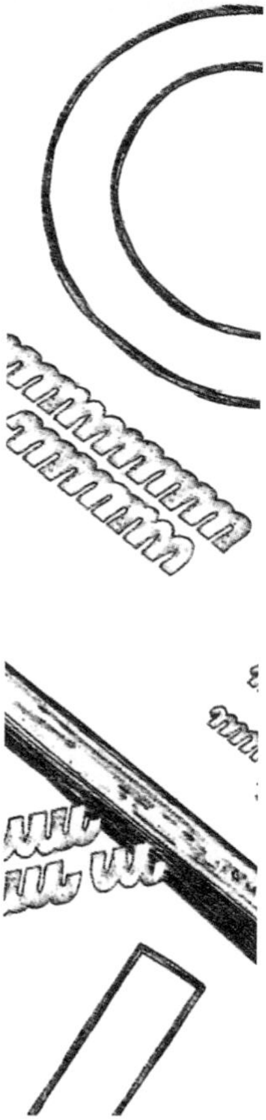

「愚者死了也沒差之國」
—Foolproof—

「該怎麼說，其實國家還滿優越的，我並沒有奇怪的感受。不過我不知道現在住在那裡的人們是怎麼想的就是了。」

「因為獨裁久了，只有不抱怨的人可以活下來，所以不管是好是壞國家都會安定。再說，在我們到目前為止曾經探訪過的地方當中，還有一大堆更奇妙的國家呢。」

「讓我驚訝的，頂多就是對政策的直接投票吧。總統到底是想到了什麼才會那麼做呢。而且，『將愚者殺死』什麼的，從定義開始就模糊得有些過頭，而且也不知道要怎麼去實行，到底那個國家會變成什麼樣子呢。大概就這樣。」

「這樣一來，果然妳還是想知道結果嘛？要不要現在回去？就歸零不算再從今天開始待三天，怎麼樣？」

「不用了，沒關係。」

「也是啦，向前進還比較可以看得見有趣的東西呢。」

「嗯？」

正當奇諾將頭歪向一邊表達不解的時候。

她在前進方向的道路上，看到了兩匹大大的馬，跟一名男子的背影。

漢密斯對減速的奇諾這麼說：

「奇諾，不要把馬嚇到踢人喔。如果被那種大小的馬後腿踢到，妳大概會死得很輕鬆喔。」

「那就可怕了。」

奇諾以最慢的速度駛近對方。

男子也先轉頭回望過來，再將自己所騎的馬跟載行李的馬靠向道路左邊。他從馬上滑下來，用繩子將馬拴在路旁的粗大樹木上。

男子對沿著道路右邊緩緩駛近自己的奇諾他們，大大揮動著手臂。

「怎麼辦，要跟他說話嗎？」

「也好。」

奇諾先轉頭確認後方情況，接著在通過男子與馬身邊之後，於前方不遠處將漢密斯停下。

她立刻將引擎熄火，立起漢密斯的側腳架之後下車。在下車的時候，她以若無其事的動作，觸碰了右腿上的「卡農」一下。
「嗨，旅行者。」
滿臉鬍鬚的長髮太陽眼鏡男子說。
「午安，我叫奇諾，這位是我的伙伴漢密斯。」
「你好喔～總統先生。」
「咦？」
奇諾拉高了音量。
「哇哈哈哈！你真厲害呢！」
滿臉鬍鬚的男子大笑出聲。
「咦？」
男子在驚訝的奇諾眼前將太陽眼鏡摘下，從臉上將假鬍子一把扯下，再從頭上把長長的假髮抓下來。他把所有的東西，全都往背後隨手一拋。
接下來呈現在奇諾眼前的，就是昨天她在電視上看到的那名男子的臉。
「託你的福，說明可以省掉了。不過現在的我，已經不是總統了。」
現在是前總統的男子，開心的說道。

「對我來說，還是有需要請您稍微說明一下。這是怎麼一回事呢……？是微服旅行？或者是您平常就會打扮成這樣外出之類的……？」

「兩者都不是啊。奇諾你們知道昨天投票的事吧？」

「知道。」

奇諾點點頭。

「當然嘍！不過我們不知道結果！如果是大叔的話就會知道了吧？」

漢密斯則發問。

「其實就連我也不知道。因為我很嚴厲地命令部下，絕對不可以告訴我結果，假如告訴了我，我就殺了他們。」

「原來如此……」

「然後呢？」

「我這麼命令部下：『藉由投票選出來的國民，全都一定要處死』——就出境到這裡來了。」

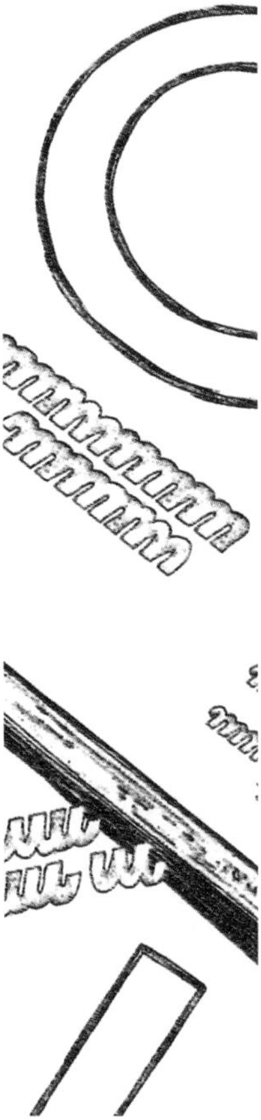

「…………」

奇諾沉默，而漢密斯則發問了：

「是哪一種？」

「什麼？」

奇諾對漢密斯的話語皺起了眉頭。

「哈哈哈哈！不錯喔！你真棒！」

男子則打從心底發出了快樂笑聲，並露出毫不扭捏、似乎很幸福的笑容。

「漢密斯……你說的『是哪一種？』是什麼意思？」

「我的意思是，『藉由投票選出來的國民』的意思，到底是哪一種？這裡是指『愚者』呢，還是說——」

「還是說？」

「會不會是『投票選擇可以直接殺死愚者的人』啊？」

「啊……原來如此……」

理解狀況的奇諾將視線轉回男子身上。

「是後者啊。」

the Beautiful World

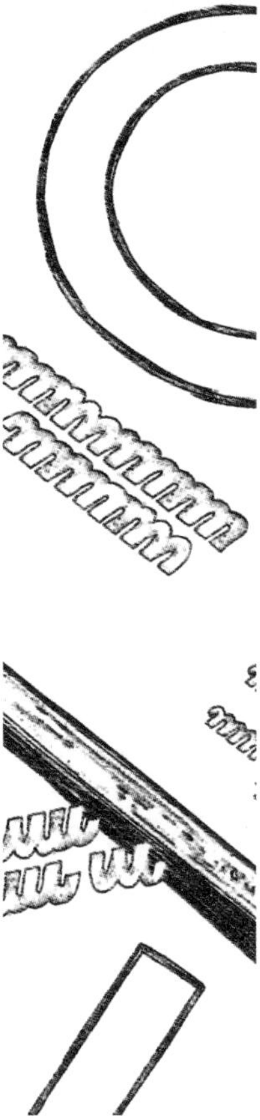

一直靜靜站著的男子，則是堅定明確的回答漢密斯的問題：

「我的命令是這樣的：『殺掉那些會做出愚者殺了也沒差之決定的愚人』。今後的國家並不需要這樣的愚者，而且也已經不再需要把該做的事情都做完的我。所以我就出境了，而且也沒有回去的意思。」

「咦～大叔你不在的話，今後的國家領導工作該怎麼辦啊～？因為，你是那個——不對，是獨裁者對吧？」

漢密斯說得毫不掩飾。雖然奇諾以驚愕的神情望向漢密斯，男子卻毫不在乎的回答問題：

「這點不用擔心。我已經事先從自己相信很優秀的人當中，不論年齡性別挑選了十二個人，也把今後的國家領導權力全部委任給他們。在這之後，他們應該會以合議制為基礎，行使屬於他們的政治吧。」

「那麼——」

奇諾詢問：

「最後的命令……雖然我完全無法推測結果會有幾個人……可是您認為這會被執行嗎？」
「沒錯沒錯，還是在大叔你不在的狀態下耶。」
「誰知道。我是不會知道國民當中會有幾個人做出愚蠢決定的。搞不好就是幾乎所有的人也說不定，就像是到目前為止我的信任投票人數一樣。」
「這樣的話，就都要怪大叔你不好了。」
「我不否認。而且如果真的把他們都殺了的話，也許國家就會在轉瞬間滅亡了。說穿了，也許在物理上是辦不到；雖然執行很困難，不過也許在十二個人的判斷下會強制實施，也有可能只有一部分的人會被處死，或許所有人都不會被處死也說不定。這種事情我不會知道，也沒有去知道的必要。」
「這樣啊～」
「原來如此，真是謝謝您。」
奇諾道謝之後，男子露出了滿足的笑容。
「那麼，都出來旅行了，大叔你之後要做什麼呢？」
「就去我喜歡去的地方吧。首先第一步——」
男子慢慢將手往自己所騎的馬鞍伸過去。

他抓住了放在那裡的步槍，迅速拔出：
「就從殺了妳開始吧！」
他一把槍抵在肩窩上，就將它的準星、和它前端那大大的黑色洞口對著奇諾。
「呃……雖然我不知道您想去的地方是天國還是地獄……不過我拒絕幫忙。」
站在原地不動的奇諾淡淡地說。
「…………」
男子保持將步槍架在肩膀前方的姿勢，停止了動作。然後——
「為什麼妳會知道？」
他一面詢問奇諾，一面將原本架在肩膀前方的步槍無力地放下。
「因為你的槍栓後面沒有凸出來的關係，我一眼就知道你的槍不能射擊。不過我認為如果我們再拉開一些距離的話，這一點就沒辦法判斷出來，我也會因此拔槍射擊了……」
「什麼啊……為了不打到妳，我還不裝子彈以防萬一，沒想到出現反效果了啊。」

「是這樣的啊。」

「大叔，你好溫柔。」

「那麼，我現在就趕快裝子彈，妳願意等我一下嗎？」

「呃，我不是這個意思……」

漢密斯以像是在表達「今天明明沒有必要去拿傘啊」的態度，用輕鬆的語氣說：

「你明明沒有必要勉強自己去死啊。」

「不對，我是非死不可的。」

「怎麼說？」

「因為我重複犯下了那種等級的惡行。從前我是因為對貪汙橫行的政治感到厭倦，為了國家著想而促使政變成功，我也拚命努力盡可能讓多數的人幸福。基於這個理由，任何人都沒辦法反對的絕大權力是有必要的，我也將反對的人一個一個處死了。」

「原來你是知道自己在做什麼的。」

「當然。直到今天，我一直都認為自己是邪惡的獨裁者。即使如此，為了自己的理想，我還是做了自己想做的事。為了維持獨裁，打造一個監視社會是有必要的；我著力於技術的發展，在優秀國民們的努力下，完成了我所期望的東西——」

「是很便利喔。」

「是嗎？然後，在最後的最後我想做的事就是那場投票。雖然花了很久的時間，不過我所期望的事情，全都辦到了。在那之後的事，就已經都無所謂了。」

「『之後就聽天由命了』，對吧？」

奇諾瞥了漢密斯一眼，不過她只有看一下而已。

奇諾說話了：

「該不會，您是在我來之後，才執行投票的吧？而且今天，您也是打算先出境在路上準備好，等我過來殺您嗎？」

「是啊，我一直等著旅行者妳過來。」

「嗯～準備周到。可是呢，雖然有點不太想說，要自殺有的是方法，為什麼要另外拜託旅行者，也就是奇諾呢？是害怕用自己的力量去死呢？還是有什麼宗教上的理由呢？」

「不是。我是『非得要被人殺死不可的』。殺了大量的人的我，用自殺了結一切也太不負責任

了。」

「他是這麼說的。奇諾，同樣身為人，妳能理解嗎？」

「不太能。」

「她是這麼說的，大叔。」

「沒差了，我一直都很習慣孤獨。」

「算啦算啦，你也不要太傷心。只要你在這之後繼續旅行，也是會遇得到願意殺大叔的壞蛋們啦。」

「我沒辦法等到那時候，我也不想去旅什麼行，今天我就要在故鄉之國附近趕快死去。」

男子迅速伸手插進皮夾克的口袋，奇諾立刻拔出「卡農」。

「哦？妳是要幹掉我了嗎？」

「不是。我會射擊你右手的骨頭，必要的話連左手也會打掉。然後我會幫你止血，揍你一頓讓你昏迷之後，回城牆去找人救你。你應該可以平安獲救吧。」

「妳怎麼這麼殘忍！我明白了，妳不是人對吧？妳這麼做是想怎麼樣？」

「我覺得有機會得到報酬。」

「妳這個貪婪又講不聽的傢伙！夠了，妳就快點把我殺了吧！」

「我拒絕。」

當奇諾與男子一直在爭論的時候。

「怎麼做都好，快點下決定吧～」

漢密斯在一旁彷彿事不關己地說。

下一個瞬間，一隻大鳥從森林上空以奇諾跟男子都看不到的角度急速降落下來。

「嗯？」

就在漢密斯的視線前方「唰」一下橫越道路。

那隻鳥飛到男子的馬的眼前，而受到驚嚇的馬則讓牠的身體整個旋轉了一百八十度。

在原本拴住馬的繩子鬆脫的同時，馬的屁股撞上了在那裡的男子身體；再度受到恐懼驅策的馬，將後腿以猛烈的力道向上一踢。

「呃唔！」

又長又粗的馬腿踢進了男子腹部，讓男子的身體輕盈地飛上空中。

男子的身體從頭部開始用力撞上路旁的粗大樹木，而他的頭也在一瞬間扭轉出平常不可能會出現的角度，就這麼全身沿著樹幹直接滑落，靜靜地落在積滿落葉的地面上。

看著相繼沿著道路逃走的馬，跟一動也不動的男子。

「…………」

奇諾繼續用右手拿著「卡農」，對漢密斯問道：

「這把槍，我可以收起來了吧？」

「嗯，已經不需要了。」

第五話
「善戰之國」
—Like You—

第五話「善戰之國」

—Like You—

我的名字叫陸，是一隻狗。

我有著又白又蓬鬆的長毛。雖然我總是看似愉快地露出笑咪咪的表情，但並不表示我總是那麼開心。我是天生就長這樣。

西茲少爺是我的主人。他是一名經常穿著綠色毛衣的青年，在很複雜的情況下失去故鄉，並開著越野車四處旅行。

同行人是蒂。她是位沉默寡言又喜歡手榴彈的女孩，在很複雜的情況下失去故鄉，後來成為我們的伙伴。

我們在寒冷的空氣中坐著越野車行進。

明明從日曆上來看還是秋天，而且時間也才剛過中午，在高海拔的這個地方，卻已經只有攝氏一位數左右的溫度了。

在一路清朗的晴空之下，是遼闊平坦的大地。

乾燥的土地向四周延展，幾乎看不到什麼草木。道路向西一路筆直到底，上頭留有許多人經過而遺留下來的行駛痕跡，也幾乎沒有任何凹凸不平的地方。

整體來說是一個非常好開車的地方，不過有時候，我們會遇到河水淺淺流動但河面寬廣的河川，大概一個小時會碰上一次吧。

這道路沒有任何橋，一碰上河川就直接橫越過去；或者應該說，是河川橫越過道路。這時候西茲少爺會將越野車停妥後下車，用自己的腳去確認水的深度。

我們又看到了一道河川，西茲少爺在它的前方停了下來。

雖然不管用什麼樣的方式，腳一泡到冰冷的水都會受凍；不過西茲少爺絕不打混，都會把靴子脫了捲起褲管，將這個動作執行下去。

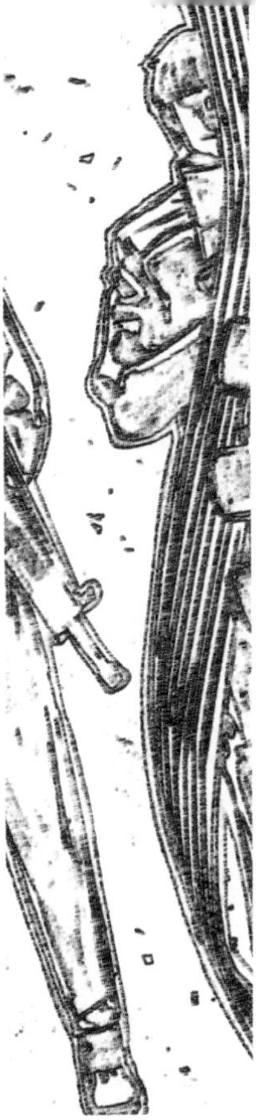

「因為萬一水深的話，大家就都會被沖走了啊。行動要慎重到神經質過頭的程度比較好。」

「………」

不知道有沒有聽明白的蒂，從副駕駛座上站起身來，望著西茲少爺的模樣；我則下去待在越野車旁邊，望著蒂的模樣。

雖然有陽光，不過既微弱又寒冷。所以蒂除了平常的服裝以外，還多戴了帽子加披了圍巾；是紅白雙色系的毛線帽子，跟同樣配色的圍巾。

「放心，可以開過去沒問題。」

西茲少爺回來說。

順帶一提，在河水太深的時候我們會尋找水比較淺的地方過河，這時候就會去找河面比較寬的地方。因為同樣一道河流，在河面比較寬的地方河水就會比較淺，這是理所當然的事。

西茲少爺擦了擦他的腳，把襪子跟靴子重新穿上，在他一直穿著的綠色毛衣上頭加披了一件連帽外套。

他一坐進駕駛座就轉頭看著蒂說：

「妳會不會冷？肚子餓不餓？」

蒂搖了搖頭，回答了問題。

「那麼，我們再開一小段路吧。」

我們乘坐的越野車將一半的輪胎沉入冰冷的水中，一面讓沾滿塵土的車輪跟懸吊系統接受潑灑清洗，一面慢慢渡過河川。

飲水在前一道河川上已經充分得到補充了。

西茲少爺一過了河，就加快越野車的速度。

曾經乾淨過的輪胎，又開始變髒了。

在完全沒有任何一樣人工物質的景色中，突然有異物映入眼簾的狀況，是在過河之後很快就發生的事。

「嗯？」

視力很好的西茲少爺很快就發現這個狀況，讓越野車的速度跟檔位降了下來。

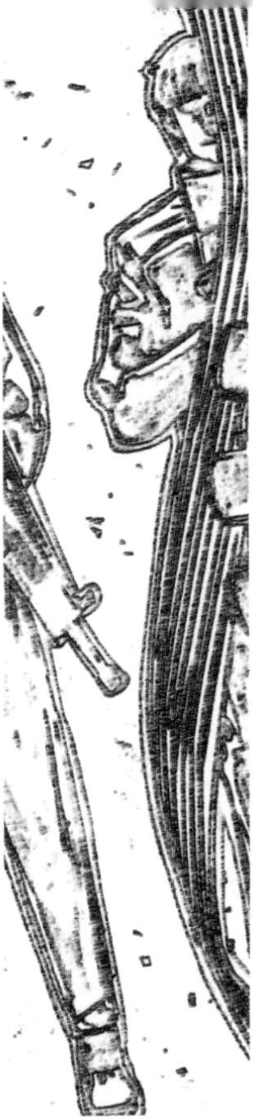

「有什麼東西，大量散落在那裡啊……那個是……」

沒多久，就連我也可以辨認出來了。

在平坦大地的盡頭、地平線的前面，散落了大量像垃圾顆粒一般的黑點；沒多久那些黑點大了起來。

「是戰場吧。」

西茲少爺察覺到了。

那些位在前方大地盡頭的黑點，是遭到破壞的軍用車輛殘骸。

有在車斗上裝載了大砲的卡車，還有車體以裝甲板包覆、輪胎也裝上履帶的車輛。雖然數量少，但也有正規的戰車；形狀像碗的砲塔從內側被炸飛，以上下顛倒的姿態棄置在距離車體數公尺的地方。

所有車輛都是破損的。有整個車體上下翻轉的、也有完全焦黑的，數量應該有一百輛以上。

西茲少爺繼續減速，慎重地接近。果然沒有任何會動的身影。接下來，越野車緩慢的駛入殘骸群當中。

「還不到那麼舊的地步……差不多一個月以前吧……」

從車輛的模樣看出一些端倪的西茲少爺如此說。

殘骸確實是隨處可見，可是被砂塵掩埋的程度並不嚴重。在這裡進行大規模相互殺戮的時間，應該還滿近的。

那麼如果要問屍體是不是隨處可見的話——

「戰死者的遺體，應該已經回收了。」

依照西茲少爺的說法，似乎是沒有這種狀況。

越野車在左右數百公尺之間散置無數殘骸的區域當中前進的同時，也要頻繁迴避那些物體。在戰場遺跡中最可怕的東西就是未爆彈。像是掉落的炸彈或者是發射出來的砲彈，有的會沒有爆炸就在地面上或者是在地底下沉眠。只要有一點爆發的可能性，就要避免經過這些地方。地面上隨處可見深達一公尺的大洞，這些應該是爆炸後的遺跡吧。西茲少爺也避開了這些地方繼續前進。

「好奇怪……」

西茲少爺開口低聲說道。

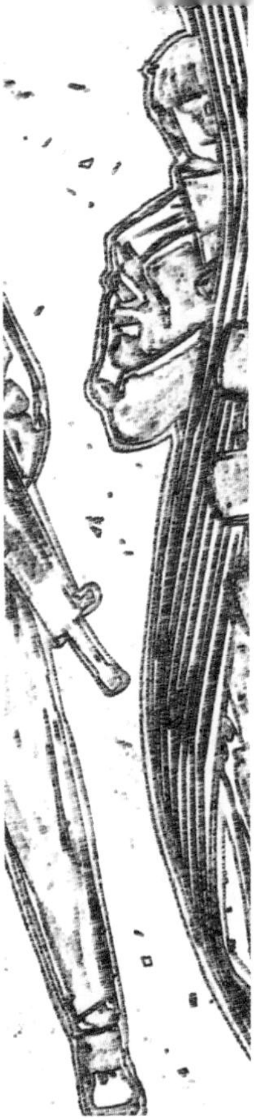

「我明白。」

蒂突然表示同意。這是她今天第一次說話。

「哦？妳明白什麼呢，蒂？」

我刻意提出問題。

雖然我在看過狀況以後也察覺到這件事，不過這時候還是想讓蒂說出來。讓蒂多少說一些話，是件好事。

我如此心想等她回應。

「你明明就知道。」

「被反駁到無言以對」，這句話是用在這種時候的吧。我被看穿了。

「啊哈哈，那由我來說吧。」

西茲少爺一面慢慢地打方向盤，一面說：

「明明進行過戰鬥，卻沒有另外一方的被害者。我認為如果有這麼多的車輛在這裡戰鬥的話，對方當然也不可能無事收場。」

就是這樣。

散置在這裡的，只有某一方的軍隊戰敗的模樣。

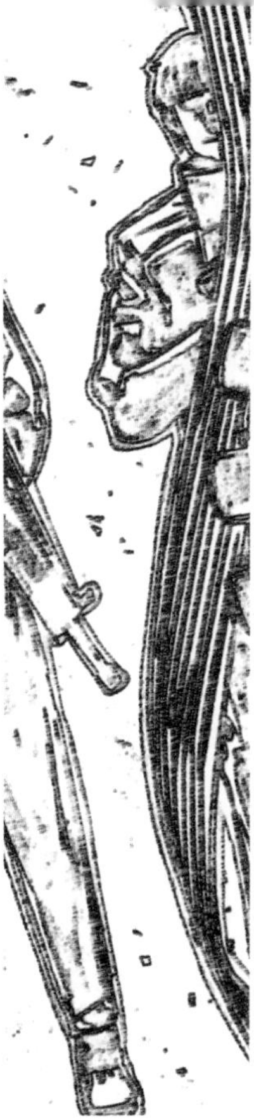

在這裡的戰鬥，如果要問是不是有單方面遭受來自上空的攻擊或者是轟炸的話，答案是並沒有這樣的狀況。因為在受損的車輛當中，有好幾處傷痕是源自於前方的攻擊；人頭大小的破洞，就是在裝甲車的前方部位轟出來的。

對手沒有出現重大傷害還能單方面壓著打——這麼想是最簡單，但這種事做起來可以這麼簡單嗎？

我們終於越過了謎樣的戰場遺跡。

越過之後，又在全面平坦的大地上開始加速行駛。

「停車！」

突然有一陣聲響，以及從眼前的地面浮上來的大砲，攔住了我們的去路。

＊　＊　＊

「哎呀，抱歉驚嚇到你們。因為旅行者你們所開的軍用車輛跟敵國的款式太像了，讓我們不論如何都不得不警戒。」

這一天傍晚。

我們在某個國家的境內。

西茲少爺跟蒂還有我，在一進城門就到的地方，也就是這個國家的軍事基地受到招待。

在暖氣開著的室內，我們坐在柔軟的沙發上；並列在眼前茶几上的，是冒著熱氣的茶以及由氣味聞起來應該很甜的烘焙點心。

坐在我們對面，而且是一坐下來就馬上向我們道歉的人，是一名穿著合身棕色軍服的四十多歲男子。

對方肌肉發達，身材魁梧；如果不是穿著軍服，看起來就像個格鬥家或者是摔角手。

「原來如此，我明白狀況了。能夠立刻解開您們的誤會，我很感謝。」

西茲少爺也很客氣地回應。接下來，他又對很好喝的茶追加感謝的話語。

「好吃。」

蒂一口吃下了小小的烘焙點心之後，這麼說。

雖然西茲少爺很平和地理解並接受了軍人的道歉——

不過如果要我老實說，我在那個時候是相當驚恐的。

大砲突然從地面冒上來，那漆黑的砲口在一出現的時候就已經很精確地對準我們這邊。因為砲口持續因應越野車的行駛而不斷轉動的關係，它看起來一直都是正圓形的。

我差點以為在下一個瞬間它所發出來的光，會成為自己活著的時候所見到的最後景色。

我無法想像那個足以在戰車上開洞的巨砲砲彈，西茲少爺能夠用刀將它彈開。不對，會不會只是我沒看過實際上他做得出來？如果是這樣希望他快點做。我在一瞬間思考起這樣的事情來。

西茲少爺聽從對方的話緊急剎車把越野車停住。

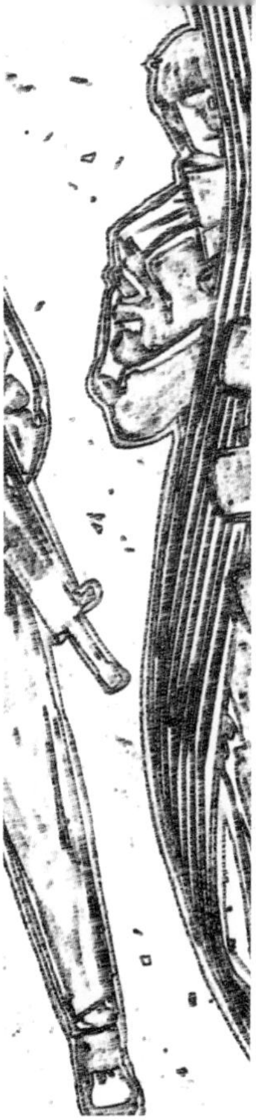

「我是旅行者！」

他將雙手從方向盤上離開並高高舉起，使盡全力大聲叫道。

時間靜靜流逝，看來似乎是不會被攻擊了。

「別開砲！我沒有敵對的意思！」

越野車四周瀰漫著塵土，西茲少爺在其中不斷如此叫喊著。

當視野在不久後恢復正常時，西茲少爺以慢動作從越野車上下去，高舉雙手等待回應。

下個瞬間，一群士兵從距離我眼前大約五十公尺的地方像地鼠般竄出來。

那個地方有足以讓人躲藏的坑洞、有遮蔽物、還覆上了一層土進行偽裝，即使在那麼近的距離也完全分辨不出來，這種偽裝能力真是厲害。

原來如此，他們做好那麼萬全的準備等待敵人的車輛過來，我可以理解這些人能單方面攻擊並屠殺敵人的原因了。

士兵們穿著跟泥土相同顏色的迷彩軍服，手上則持有具備連發功能的說服者，那是一秒鐘可以發射十發子彈的玩意兒，被那種東西打到誰都受不了。

雖然是等到他們接近以後才知道的事，不過所有士兵都散發著一種異樣的氣氛。

士兵們的臉上看不出表情，講好聽是冷靜沉著，講不好聽就是像機器人一樣。以前曾經跟西茲少爺去過一個所有國民都戴著面具的國家，兩邊的人在某些地方很像。

「我們是位於這裡前方的國家的防衛軍，既然你們是旅行者，我們就不會攻擊。只是，在確認接下來的狀況是安全的以前，請全面遵從我方的指示。」

士兵大聲地說。

他們之所以沒有靠近越野車旁邊，而是保持了大約三十公尺左右的距離，是因為直到現在依然沒有放鬆警戒的關係。畢竟還是有假裝成民間百姓開車接近後發動自殺攻擊，為敵人帶來傷害的戰鬥方式。

西茲少爺向對方表示自己完全了解。

在這之後，我們接受了詳細的指示。首先士兵們只靠近西茲少爺，搜了他的身；接著就輪到蒂跟我。最後我們所有人都遠離越野車，讓他們徹底檢查車體跟行李。

看著一面警戒四周，一面動作俐落地執行工作的士兵們。

「熟練度不錯，是一支相當強的軍隊。」

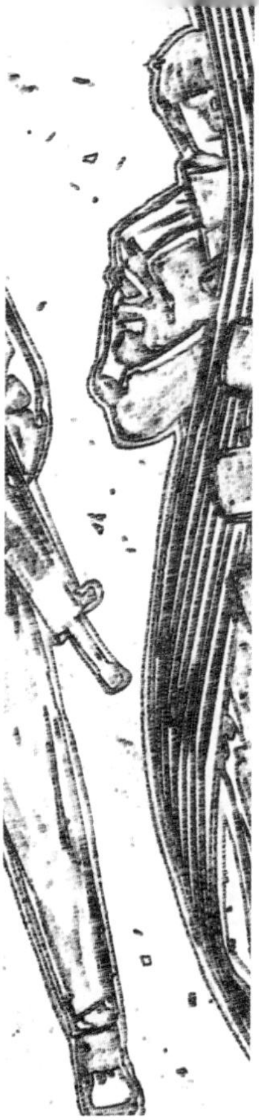

西茲少爺這麼說。我則把剛想到的事情講出來：

「可是在某些地方有種像機器人的冰冷感覺。」

「這點我很清楚。不過，戰場上需要的人，就是像這樣的人。」

原來如此。曾經為了復仇鍛鍊自己、賭上生命從事傭兵生意的西茲少爺都這麼說了，我就可以理解。

在這之後，我們所有人都被確認是安全的（不過蒂的手榴彈多少是有些說明的必要），得到了前往國家的許可。

一輛原本隱藏在地下的四輪驅動車突然冒出來，在接下來的路途中於前方為我們帶路。這樣一來，至少我們不會因為單單靠近城牆就遭到攻擊了。

我們在城牆接受入境審查，並得到許可。關於移民的問題，因為國家政策上不認可的關係，我們還是只能短期停留。

然後，就到了現在我們在軍事基地裡接受茶跟點心招待的時候了。

「我們一直都受到周邊國家的頻繁攻擊啊。因此很可悲地，只好時常保持備戰姿態了。」

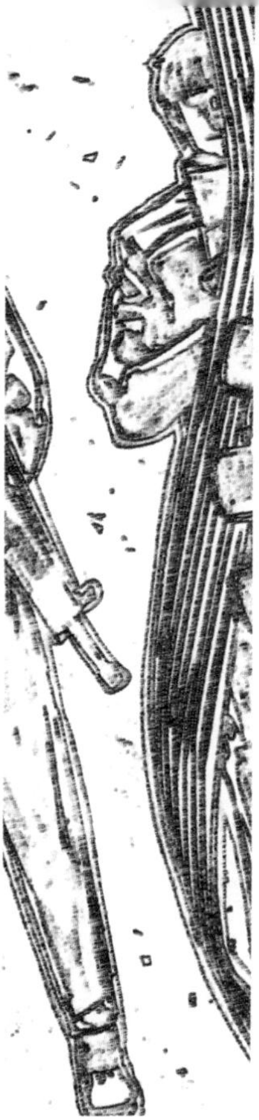

軍人說道。

為什麼要把這種事情說出口呢？西茲少爺立刻理解對方這麼說的理由。

「原來如此。如果遇到不知道這件事的旅行者，我會不斷傳達提醒他們；另外，我也會請他們傳達給別的旅行者知道。」

「您幫了我們非常大的忙。因為國內很安全，所以請各位期待停留期間的美好時光。」

「真是謝謝您。」

西茲少爺道謝過後，也沒忘記多少說些客套話：

「也請幫我向照顧我們的士兵們、表達我的感謝之意。我感受到他們是一群歷經千錘百鍊、齊心團結一致的強兵。」

「真令人高興啊。我們其實是用他國所沒有的特殊方法來訓練士兵，那就是——」

坦白說，軍人露出笑容並從口中說出這樣的話語，讓我很驚訝。把自己國家軍隊的祕密滔滔不絕地講出來，真的好嗎？

可是，因為他願意告訴我、我也想知道，於是我保持沉默。

「那就是？」

察覺對方似乎想說出什麼的西茲少爺，乘機表露高度興趣並加入話題。

而軍人也回答了：

「就是腦的控制。在我國，會對士兵們的腦部施加電流刺激，控制人的情緒。」

光是聽到這一句話，就有一種相當危險的感覺。

我想知道得更詳細一點。

「您的意思是……？」

這一點，西茲少爺也有同感。

「…………」

蒂雖然保持沉默，但她用來吃點心的手也停止了動作。

「在我國，會對要在最前線的極度嚴苛狀況下作戰的士兵們腦部施加特殊的電流刺激。我們並沒有特別為這種做法訂一個名字，就單純稱呼它為『處置』。透過這種處置，士兵們腦部的一部分活動會受到限制，那些活動是──」

那些活動是？我在心中如此應和。

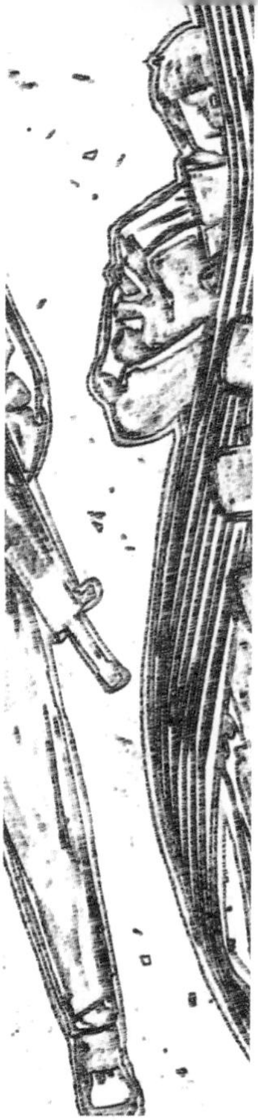

「首先第一個要處置的是『恐懼』，是名為『可能會被對手殺害』的恐懼。如果沒辦法戰勝這種情緒，就無法成為一個士兵；可是人類不可能這麼輕易就克服它。所以，一開始我們就要進行處置以抹除這種恐懼。然而，如果恐懼心理完全消失也會是個問題，畢竟什麼都不想就朝砲火前方突擊的士兵會是個困擾。所以還是保留了一定程度的恐懼，讓士兵可以避免遭到擊中。只是，我們不會讓『身體因恐懼縮成一團然後什麼事都不能做』的情況發生。」

「原來如此，其他有什麼呢？」

「再來，我們會限制『亢奮』。在戰鬥的情況下，人類不論如何都會亢奮；將對手打擊到無力再起的亢奮——要說這是殺人的快樂也行。這種亢奮，有時候會讓士兵變成虐待狂或者是野獸；他們會對敵兵施加過剩的攻擊，也會虐待俘虜，這樣一來就令人困擾了。士兵必須要以冰一般的冷靜去打倒敵人；而且，他們在占領敵國之後也不能去殺害未持有武器的民間百姓，或者去幹諸如搶奪、拷問、強姦之類的壞事。」

「原來如此……其他還有嗎？」

「有的。最後，我們會將最重要的情緒，基於對戰爭有所助益的理由進行限制，那就是『逃避』。雖然跟到剛才為止我所說的那些話是有矛盾，不過對人類而言，『不想殺人』的逃避感是經常在心中運作的。對於在和平的國內守法過生活的人們來說，這是理所當然要有的情緒，是如果沒有就很困擾的情緒。可是，如果因為這樣而沒辦法在戰場上殺人的話，軍隊就會困擾了。所以，我們只好處置到讓士兵不會討厭殺人。」

「原來如此……我很清楚明白了。」

西茲少爺如此說完，接著問道：

「士兵們接受這種處置並上戰場工作，之後回來的時候會變成什麼樣呢？」

「請不用擔心。在回到和平的國內時，這些處置會全部解除。士兵要先回歸成一個會正常害怕死亡、也會厭惡殺人的『正常人』之後，才會穿過城門。雖然戰鬥時的記憶會遺留下來，不過情緒上的創傷不會遺留，所以那些傷害不會造成心結，士兵可以認定『我為了國家完美達成了任務』而抬頭挺胸地活下去。」

「想請教一件稍微深入一點的問題。在國內，有反對這種處置的人嗎？」

「一開始是有的。在這套系統發明出來之後，馬上就有反對運動宣稱『要拿人類當材料去製作機器人嗎！』；不過在這之後，周邊國家的攻擊變得愈來愈激烈，而這套系統作為應對手段的有效

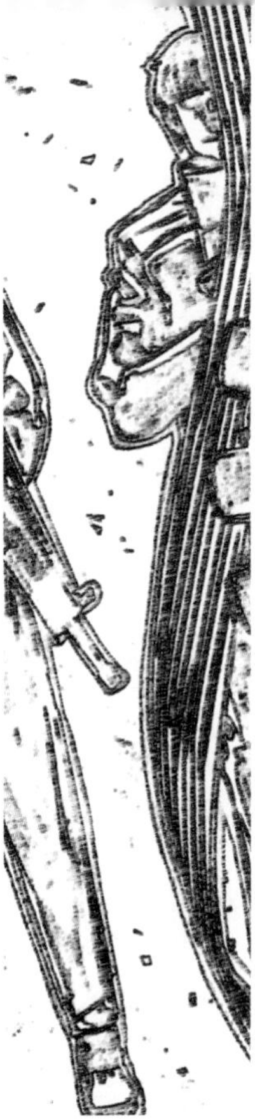

性也得到了認可，從此也就不再有任何人反對了。畢竟事實上，士兵們的損耗率顯著減少，而且也幾乎不會在戰鬥當中落敗了。」

「我理解了。」

「不過坦白說，其實如果不用這種處置也可以解決問題的話就好了……如果有那種不管在什麼樣的戰場都能夠暫時無視死亡恐懼而冷靜戰鬥、在殘酷的場所可以為了守護自己跟伙伴而執行殘酷的事、在和平的地方也能心滿意足地享受和平生活的人就好了……」

軍人這麼說。從那沉重的語氣聽起來，可以推論他似乎是真的那麼想。

「可是——那樣的人只有極端的少數。沒錯，就像現在正跟我說話的人那樣。」

對於這句話。

「…………」

西茲少爺也只好保持沉默。

這個軍人，不愧是一直戰鬥過來的，似乎確實有判別善戰之人的眼光。

他望著遠方某處。

「本人雖然長期從軍，不過打從一開始就一直在想，如果部下都是西茲你這樣的人該有多好。當然，我很明白這是在強求沒有的東西。即使這樣，要去玩弄年輕士兵們的腦部，就算是為了國家，就算是必要的處置，也不是件好玩的事。」

他繼續述說感傷的話語。

在這之後，我們對晚餐可能不會送進來這件事產生危機意識，大量享用了茶跟點心。都不知道蒂到底吃掉幾個點心了。

我們向對方道謝並從位子上站起來，準備要離開房間。

「有一個、問題。」

不過原本一直沉默的蒂突然說話，嚇了我一跳。

「有什麼事呢，小妹妹？」

軍人彎下身來，讓自己跟蒂的視線一樣高之後問道。

「這個國家、總是被人攻擊的、理由是？」

「啊啊，這是非常好的問題。這是因為呢——」

「這是因為？」

「想要這套系統的國家，實在是非常多啊。」

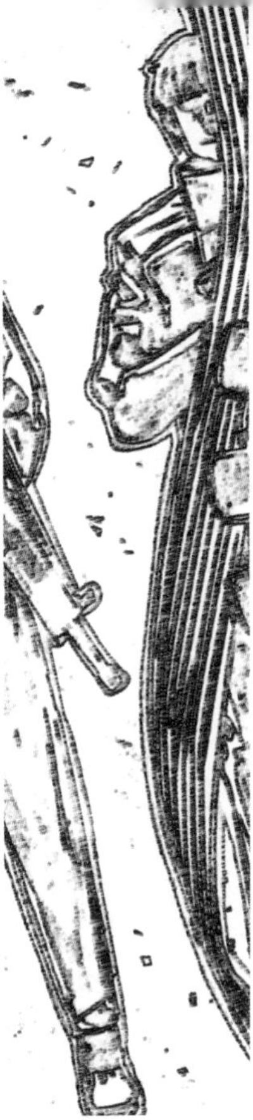

「善戰之國」

—Like You—

第六話

「狙擊犯所在之國」

—Trigger Control—

第六話「狙擊犯所在之國」

—Trigger Control—

「好白啊。」

「好白呢。」

「好刺眼啊。」

「好刺眼呢。」

一輛摩托車在為雪所覆蓋的世界中行駛。

摩托車的周圍是樹木稀疏生長的雪原，雖然可以看到幾處低緩的山丘，不過基本上是一望無際的平坦，邊際則為地平線所環繞。

在這個冬天也差不多接近尾聲的時期，剛從東方天空冒出來的太陽光線，將凝固的積雪照射出光輝。跟上空萬里無雲的廣大蒼穹比較起來，地面是要亮上許多。

氣溫是攝氏零下幾度。

摩托車騎士全身穿著冬季裝備。

騎士身上穿著有厚鋪棉內裡的兩件式深綠色防寒服，腰上繫著粗皮帶。

槍套穿過皮帶、斜斜的裝設在腹部的位置上，裡頭收著一把左輪手槍型掌中說服者。

頭上戴著附有帽簷及耳罩的帽子，帽子上頭還加戴了防寒服的連帽；臉上戴有黑色鏡片的防風眼鏡，並罩著一片綠色紗巾。

手上果然是戴著厚厚的冬用手套；腳上的靴子也是內含隔熱材質的大型款式，將膝蓋以下的部位整個包住以避免雪的滲入。

摩托車也被改造成冬季機型。

前後輪胎都有許多由內側鑽出輪外的鉚釘，即使在堅硬的凝雪中、在冰凍的環境下都具有抓地的力道。

車體骨架的左右兩側分別伸出長長的鐵管，在結構設計上藉由彈簧的力量提供些許浮力。在鐵管的最前端裝設了滑雪板，騎士將雙腳搭在那兩根鐵管上，以讓滑雪板深入雪原的架勢持續行駛。

後輪上面的載貨架上，除了一直都在的皮製包包之外，還盡可能裝載了更多的燃料罐，並且都綁得緊緊的。

在雪原上，每隔相同的距離都建置了一根高高的柱子。

這些柱子基於醒目的理由漆成紅色；雖然很像電線杆，但沒有拉電線。不過拜其所賜，可以知道那一帶是有道路，也就是說沒有河川或者是坑洞了。

騎士彷彿在追溯柱子的源頭一般，以不快速、但也絕對不緩慢的速度讓摩托車馳行。

「看到了。」

「看到了呢。」

在一列紅柱的盡頭，顯現出灰色城牆的影子。

「呃～奇諾，還有漢密斯，現在我要說一件重要的事。我國會有意圖地去抑制科學技術的發展速度。因為這樣，外國人如果攜帶比這個國家的技術力高的物品入境，就絕對不能將它留在國內，必須要全部帶出境才行。如果你們無法理解，我們就不會准許入境。」

名叫奇諾的旅行者，以及名叫漢密斯的摩托車，在他們抵達的城門邊，接受一名剛邁入老年的

「狙擊犯所在之國」
—Trigger Control—

男性入境審查官這麼提點。

「哎呀這樣啊。為什麼？啊，我的意思是：『為什麼你們要去抑制呢？』」

漢密斯一問完，馬上就得到了回答：

「很簡單，是為了要讓社會安定，因為新的科學技術並不會讓人幸福，而是讓人不幸。許多人類的心理準備其實追不上新技術，他們會用可悲愚蠢的使用方式，傷害自己跟周圍的人們。而且持有新技術跟未持有的人之間，也會產生經濟地位上的差距。旅行者們沒有看過那樣的國家嗎？」

「這個嘛，可能有吧。不對，是有喔。」

漢密斯很平和地認可了對方的看法，奇諾則對入境審查官問道：

「我了解了。哪些東西符合這樣的要件呢？」

「那就請跟我來這邊。」

被帶到一處寬敞房間裡的奇諾，將她的所有手提行李大量並列在一張大大的桌子上。

雖然像換洗衣物或露營用具之類的物品，絕大部分都沒有問題。

「首先，摩托車就是不可以留下來了。雖說在我國也是有裝置引擎的車輛，但沒有排氣量大到這種程度且精巧的引擎。不過呢，因為這是奇諾妳的旅行代步工具，所以不論如何也很難想像妳會在這個國家把它賣了再出境。」

不過入境審查官還是一面書寫文件，一面這麼說。

「這是當然的啊～」

「另外，就是說服者了。那邊的點四四口徑左輪手槍沒問題，現在我國也是有不使用有彈殼子彈的槍械種類。只是——」

入境審查官指著槍身纖細，奇諾命名為「森之人」的自動式掌中說服者繼續說：

「這把槍雖然小，但它可以使用有彈殼子彈，彈匣是可裝卸式，還具有高度連發性能，所以不行。然後——」

他指向另一把槍，也就是奇諾在某個國家以被硬塞的形式得到、命名為「長笛」的前後兩截式步槍，說：

「這把當然也不行，絕對不可以留在國內。現在我要記載特徵並製作書面文件，出境的時候如果沒有拿著這兩把槍，事情會變得很嚴重喔。」

「咦？你說的『嚴重』，具體來說是什麼呢？」

「為什麼你好像很開心呢，漢密斯？」
「算啦算啦。」
「簡單來說，妳會被當場逮捕，經過審判吃上十年徒刑。會請妳體驗這個國家的監獄滋味。」
「人家是這麼說的！怎麼辦，奇諾？」
「我會把這些東西全都帶出境。」
「是的，我認為這樣最好。」
漢密斯對入境審查官問道：
「可以在國內把東西秀給大家看炫耀一下嗎？」
「雖然不歡迎，但是不違法。如果不可以的話，騎乘交通工具過來的人，也就不能在國內行動了吧？」
「啊，這麼說也沒錯。」
「只是，我認為說服者還是盡可能不要讓人家看到比較好。萬一遭竊的話，在找回來以前可是

不能出境的。」

在這之後，入境審查官詳細記載了漢密斯、「森之人」與「長笛」的特徵。仔細測量了每個部位的尺寸。

之後，因為這個國家沒有照相機，他便將外表的特徵繪製成圖畫。

「好會畫！」

「因為這是我的工作。」

繪圖技術相當熟練。

入境審查官以手工作業，用了相當長的時間將所有的文件製作完成。等到一邊喝茶一邊等候的奇諾入境時，已經是太陽最高的時刻了。

一穿過城門進入國內，原本貫穿雪原前行的道路鋪上了石板，雪也清除得乾乾淨淨。

位於漢密斯左右兩側的滑雪板，因為是藉由裝設在長鐵管上的彈簧力量懸浮在上空的關係，只要車體沒有傾斜到相當程度就不用擔心會擦撞到地面。奇諾在沒有雪的路面上順暢行駛的同時，釘輪也在路面上略略削出「喀哩喀哩」的聲響。

「狙擊犯所在之國」
—Trigger Control—

在感覺上像是農田的平坦雪原中行駛了一陣子以後，奇諾他們發現了一群並列在一起的石砌住家，也就是這個國家的第一個城鎮。一進到城鎮，就看到它的中央有一處人很多的廣場。

那是一處地面緊密鋪滿石板，噴水池的石像也很漂亮的廣場。與廣場相連的是一座高聳的鐘塔，時針顯示現在已經過了下午一點。

在那鐘塔底下，有人使用廣場一角，設置了一處木製的臨時舞台。

那裡正在進行選舉演說，一名中年男子正在台上用擴音器不停的講話。在他的周圍，一群身穿黑西裝的貼身保鑣組成人牆站立守護。

是為了要來看他的嗎、還是說其實不是為了他而來的呢，總之是有滿多人聚集在廣場上。在差不多冰點以下的寒冷空氣中，人們熱情地聽著政治人物演說，也在環繞廣場的攤位上吃飯。

可能是基於人群管制的需要吧，周圍也有很多警察的身影。他們穿著深藍色的厚重制服，腰上掛著櫟木製的警棍。

奇諾在進入廣場以前，先將漢密斯停了下來。

「就跟節慶一樣熱鬧呢，不過警戒程度有點嚴重過頭了。」

聽到漢密斯這番話的奇諾如此說：

「正好，我可以混進裡面——」

「混進裡面？」

「去攤位買吃的東西回來。」

「我就知道。」

奇諾往廣場邊緣，也就是往攤位的方向，腳步輕盈地走過去。

「哦，是旅行者。」

「好難得。」

「歡迎到我國來。」

受到相當程度注目的奇諾，混進了廣場的人群中。她逛了好幾家攤位仔細探查後，決定就選這一家。

奇諾買了三個在蒸到鼓起來的蒸麵包裡頭加入絞肉料理的餐點，回到停在廣場角落的漢密斯旁。

她隔著手套抓住了包在紙袋當中、因為燙很不好拿的那個食物，豪邁地吃下了第一口。

咬著咬著、仔細咀嚼、吞了下去。

「這個好吃，很適合在寒冷的地方吃。」

奇諾的笑容，被蒸麵包的蒸氣包圍了。

「那就好。」

在漢密斯說完這句話的下一個瞬間，正在台上熱烈演說的男子聲音——

「唔啊！」

以奇妙的方式作結了。

他的身體搖搖晃晃，就這麼向前倒了下去。麥克風撞到地板的聲音響徹四周，緊接著傳來了群眾此起彼落倒抽口氣的聲音。

「嗯？」

奇諾一面吃第二口一面出聲。

「那個人，被槍擊了啊。因為是胸口，應該死了吧。」

漢密斯則是若無其事地這麼說。

「旅行者——還有摩托車，我們要蒐集目擊證詞，希望你們協助。」

制服警官們來到了一面觀看混亂中的廣場，一面把買回來的蒸麵包全部吃完的奇諾身邊。他們是年輕男子與中年男子的二人組合。

「到底發生了什麼事，請你們把看到聽到的事情都告訴我們。」

奇諾與漢密斯——其實主要是漢密斯在坦白回答著。

包括奇諾正在這個地方吃東西時，台上的男子突然倒下去的事；可能是被槍擊的事；貼身保鑣們在混亂之中，把一動也不動的男子抬走的事；以及廣場一直在尖叫與怒吼聲中大大騷動的事。

「嗯，你們有聽到槍聲嗎？」

中年警官問話，奇諾先回答：

「沒有，我沒有聽到任何槍聲，畢竟還有演說的聲音。漢密斯呢？」

「這個嘛，完全沒有聽到耶。有兩種可能性，不是開槍位置離這裡非常遠、就是槍手用了滅音器，也就是『槍聲抑制器』；或者是二者都有。啊，三種，可能性有三種啦！」

「又來了嗎……」

奇諾與漢密斯並沒有漏聽年輕警官透露出來的話語，而漢密斯也自顧自地不看氣氛說話了：

「『又來了』？——你的意思是過去也有類似的狙擊案件，然後都派那麼多貼身保鑣跟隨了，還是沒辦法防止嗎！」

「…………」

就在年輕警官沉默下來——

「這之後的事，就跟你們沒關係了。」

中年警官則冷冷說出這番話的時候。

「那邊的旅行者！——不對，穿制服的！」

一名身穿西裝，從臉上鬍子到臉型都很嚴肅的男子一面叫嚷一面靠近過來。他的沙啞嗓音低沉到有些不太清晰，讓人覺得是不是每天大叫才會變成這個樣子，還滿有魄力的。

因為兩名制服警官敬禮的關係，就連奇諾也明白他是位刑警。

跑步過來的刑警先指著奇諾他們，再面向兩名警官。

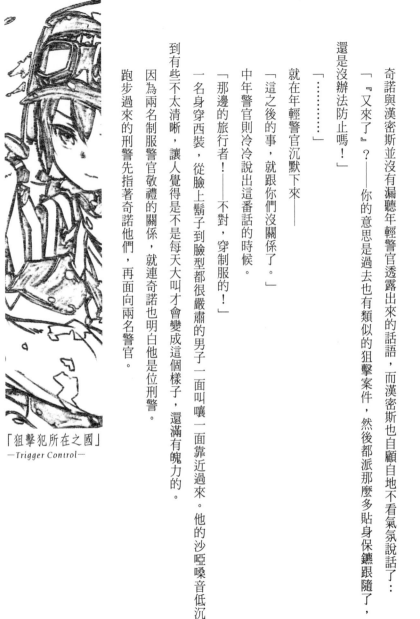

「這兩個傢伙剛才在哪裡？在槍擊發生的那一瞬間，他們在廣場嗎？」

以嚴厲的語氣如此詢問。中年警官則虛弱的回答：

「是的，我聽他們是這麼說的……」

「你是有用自己這雙眼睛看到嗎？沒有聽錯吧？他們什麼也沒做嗎？」

「啊，不是，我是沒有用自己的眼睛看到……」

「這樣就糟糕了吧！夠了！你們回去警戒！」

刑警以一副想要找人吵架的語氣下達命令，兩名警官則一臉不高興地默默離去。

等到他們走遠了之後。

「哈囉～等一下喔～刑警先生～」

主動用漫不經心的口氣說話的，是漢密斯：

「奇諾一直都在這邊吃飯喔。吃得很香、啃得很凶，都到了讓我擔心『咦？妳吃那麼多啊？妳真的要把剛剛買的這些東西全部吃光嗎？等一下不會吃到肚子圓滾滾痛起來吧？』的程度。你可以去問問看從左邊算起來第三家攤位的大叔喔。也就是說呢，她不是犯人。」

「漢密斯……該不會我被懷疑了吧？」

「多少是會被懷疑的喔。妳不是把這個國家所沒有的高性能說服者『長笛』帶進來了嗎？那個情報一旦傳出去，他們就會去考慮奇諾在非常遠的地方發動狙擊的可能性嘍。」
「原來如此……」
「不過，這位刑警先生也會想：『實際上應該不是這樣的吧』。」
「唔……」
奇諾以眼角餘光瞥了表情尷尬的刑警一眼，點點頭說：
「說的也是。因為過去也有類似的無聲狙擊案件，所以剛剛入境的我不可能會是那個犯人。」
「就～是～這樣！犯人是在別的地方，大概是同一個人物，也應該是用同一把凶器吧。所以奇諾跟犯人就沒有關係，只是這次偶然在現場而已。好啦～如果都跟警察叔叔們講完話了，我們就在國內轉一轉去觀光吧。畢竟我們沒有道理也沒有義務更沒有興趣陪這個國家的犯罪一起玩啊～」
漢密斯用真的很故意的語氣，說完了這番話。
「漢密斯，你太頑皮了。」
「是嗎？」

「這位刑警先生，感覺上是刻意過來，想要借用我的智慧。而且，他還刻意發脾氣把制服警官趕走。」

「咦～？不是這樣的吧～？這種事，這個人完全都沒有說喔～？」

刑警有些憤恨不平的看著說話直白毫不留情的漢密斯。

「我想拜託旅行者協助……」

但他還是坦率地說。頭也略略低了下來。

「也好！你要請我吃什麼東西當謝禮呢？」

雖然漢密斯模仿奇諾的語氣這麼說。

「一點也不像啦。」

可是一點也不像。

奇諾他們到達警察署的時間，已經過了十六時。

漢密斯在小型卡車的車斗上，奇諾則坐在車內的副駕駛座；他們先是移動到這個國家首都的某個地區，接著來到了位於這個地區的大警察署。

小型卡車，是在這個國家行駛的車輛中最多的車種。它的車體狹窄，窄到兩人乘坐就會彼此碰到肩膀的程度；長度也大概只有三點五公尺左右。漢密斯是斜放在車斗上而且被捆綁固定住，感覺相當緊繃。

卡車的後輪並非輪胎，而是兩排比車體還要寬的履帶；纖細的前輪兩側裝設了粗大的雪橇，讓車子即使在積雪上面也能毫無困難的行駛下去。

漢密斯在這輛車加雪上摩托車除以二的機械上面——

「這輛車相當方便喔。像這種絕對有必要的技術就會ＯＫ了吧，他們身段滿柔軟的。」

一路上就從車斗那邊這麼發言。然後——

「只是，燃料箱在駕駛座底下直接露出來就不太好了吧。如果撞到的話，燃料就會漏到亂七八糟喔。設計者給我滾出來啊。」

他又這麼補充說明。

小型卡車冒著二行程引擎特有的朦朧白煙，越過了首都的市中心，在某棟壯觀建築物裡面的停車場停了下來。

進入建築物之後，奇諾他們被帶往的地方，是法醫解剖室的前面。

鬍子刑警對奇諾這麼說：

「既然都帶那種東西一路旅行過來了，屍體應該已經看過一兩百具，都很習慣了吧？事到如今妳不會怯場吧？」

然後就毫不留情的向前推開大門。

「這是偏見！不過是這樣沒錯！」

奇諾不發一語，推著回答刑警的漢密斯進入房間。

這是一間充滿了冷冽空氣以及強烈的消毒水臭味、甚至還混雜了血之氣味的無機質石砌房間。

安置屍體的櫃子並列在一整面牆壁上，被白布包覆的屍體腳上吊掛著寫上了編號的標籤。

在房間的中央，有一具屍體默默躺在金屬製的桌子上。在略顯昏暗的房間裡，明亮的聚光燈讓毫無血色的屍體發出炫目的光芒。

那就是直到剛才為止還在熱烈演說的中年男子屍體。全身赤裸，胸部中央開了一個小洞。從金屬桌子流下來的血，有少部分在地板上凝固了。

在房間的角落，有一名白袍女子正坐在木製的椅子上。她將原本在文件中書寫什麼的手先停頓了一下，然後又開始動作寫到最後，再將鋼筆擱下，最後才轉頭望向奇諾他們。

「醫師，我把當時在現場的旅行者帶來了。」

被稱為醫師的人，是一名身穿白袍、年齡看起來還不到四十歲的女子。

蒼白的臉色看不出來有化妝，棕色的短髮隨便紮成一束，毫無生氣的眼神看起來有些想睡。

「帶來幹嘛？」

開口第一句話，就是好像很無所謂的衝著刑警將她的疑問脫口而出。

刑警可能早就習慣女子那冷淡的言行舉止了吧，他毫不在意地答道：

「這個旅行者擁有我國所沒有的高性能說服者，再加上她在廣場吃飯，槍擊發生的那一瞬間正好在場，她的意見應該可以當成參考吧。」

「這可不好說呢。」

「沒關係啦，妳就跟她說點什麼吧。妳知道吧？現在不管什麼樣的情報我們都很需要。」

「好啦好啦，是這樣沒錯啦。」

女子從椅子上站了起來。

一陣金屬相互輕微摩擦的聲音跟著響起，原來女子在左腳的褲子上安裝了膝關節輔具。

那是一種將大腿下方與小腿上方加以固定，以橫跨兩個固定部位的金屬板與鉸鏈支撐膝蓋的裝置。女醫師將金屬製的拐杖拿在手裡站了起來之後，用右邊的腋下將它夾住。

隨著輔具發出嘰嘰聲響，女子緩緩走了幾步。她在屍體桌前面站定，看起來想睡的目光則越過屍體，緊盯著奇諾不放：

「旅行者，妳的名字是？」

「我叫奇諾，這位是我的伙伴漢密斯。」

「初次見面，我是曼達醫師。法醫也好醫師也好，隨便妳怎麼叫。」

「那麼醫師，總之妳先坐吧。」

漢密斯說話了。

「想不到機械還比人類機靈呢。就讓我這麼做吧。」

曼達往後退了幾步，在屍體桌邊的椅子上坐了下去。

奇諾繼續推著漢密斯走到醫師對面，在屍體旁邊站定之後，將漢密斯以腳架立妥。鬍子刑警則

站在屍體頭部那裡。

「雖然我不認為自己可以幫到多少忙……」

奇諾說到這裡，曼達就揚起下巴，說：

「或許吧。」

「就算這樣，還是什麼都好，把妳察覺到的事情說給我們聽吧。」

刑警說話了，手上則拿著筆記本跟筆。

「就算你要我把察覺到的事情說出來……」

「奇諾，把妳想到的事情老實說出來就好了喔。像是『這房間好冷啊』，還是『好歹給客人上一杯熱茶來吧』之類的。」

「呃……這名男子的死因，是狙擊。一槍致命，從前方射穿胸部，心臟受到破壞之後當場死亡。雖然現在看不見，不過我想背部那一面應該變得相當慘烈才對。我認為子彈是從背部那一面飛出去的，但在那場大混亂當中，應該是沒有被尋獲吧。」

「哦，真了不起。」

曼達不懷好意地笑著說。

接下來，她用雙手在半空中比出一個臉部大小的圓形。戴在她左手小拇指上的小小戒指，在照著屍體的聚光燈底下閃爍發亮。

「施加在體內的壓力讓背部的皮膚爆開，弄出了這～麼大的洞。心臟與肺臟的碎片，也一起炸飛到外面去。如果子彈不是用相當快的速度穿出去的話，人類的身體這種東西，應該是不會變成這個樣子才對。」

「不可能。」

刑警非常煩躁地說。

「用這個國家的說服者辦不到嗎？」

對於漢密斯的問題，曼達回答了：

「辦不到吧。這個國家的說服者——主要由警察或獵人在使用的，是所謂『燧發式』的東西，妳知道吧？」

「我知道。」

奇諾點頭說。

那是一種將火藥與子彈從槍管裝入並塞到底，以「燧發」而非火繩點火，換句話說是以燧石擊發的說服者。「卡農」則是使用雷管點火的槍械類型，也就是所謂的「雷管式」。「燧發式」的結構算是比「卡農」這把槍還要早上一個世代了。

「原來如此……如果是『燧發式』的話，槍管就是沒有膛線的筒狀結構，子彈則是一顆球狀的鉛彈。也就是說，子彈會更大而且會更重，槍擊出來的洞口不可能會這麼小，貫穿力道也會下降。就算把子彈做小一點，也會因為子彈速度慢而打不出這麼大的威力。說穿了，因為這種槍命中精準度很差的關係，要用一發子彈擊中目標，就非得要在相當近的距離開槍不可；從遠方狙擊在那個廣場的目標，沒辦法產生這種程度的破壞能力……」

奇諾娓娓道來，曼達則似乎很開心地拍起手來，說：

「太美妙了！刑警先生，你們沒辦法錄用這個旅行者當警官嗎？絕對可以幫得上你們的忙哦？如果她早一年來訪，現在這時候說不定都已經審判定讞也處決完畢了哦。」

「諷刺就免了，醫師——奇諾，這回我們針對周圍三百公尺的地方進行完全警戒。因為如果是

我國的說服者，它的有效射程是兩百公尺。」

刑警說道，奇諾點了點頭。

「可是，妳的意思是在這個世界上，有狙擊距離在這之上，而且還不會發出聲音的說服者嗎？」

「是的。」

奇諾一點頭，她對面的女子便以鼻子發出嗤笑聲，說：

「哈！所以才說你們都不會去想其他的可能性，『不可能存在的工具就是有可能存在，不會有錯』啦。我在這個地方都不知道講過多少遍了，可是你們哦——」

「——奇諾，具體來說大概有多遠？如果是妳所知道的說服者，到了多遠的距離，還是可以狙擊到人？」

「如果是用我所持有的七～八釐米口徑步槍，到了八百公尺遠還是可以正常狙擊人體。在無風、無地形變化、海拔高度夠高等良好條件下，或許到了一千公尺遠也可以狙擊。剛才的狙擊……大概是在城鎮之外發動的吧。我想子彈是在雪原某處擊發，筆直飛過大道後命中目標的。」

「我的天啊……怎麼可能去警戒周圍一公里啊！如果會被人從那種距離槍擊的話，誰都沒辦法外出了……」

「所以才說不要出去就好啦。這個我也說過了吧？」

「是啊謝謝妳喔，妳可以暫時不要說話嗎，醫師？」

「好啦好啦。」

曼達說完這句話就沉默下來，漢密斯則代替她對刑警說：

「事態好像比我想的還要嚴重呢。稍微問一下，到目前為止有幾個人被跟這案件很像的『不可能存在』的狙擊殺掉的呢？」

「有四個人……今天就變五個人了。在這兩年當中，每隔幾個月就會發生一起案件，沒有犯罪聲明。」

「原來如此，這樣就滿糟糕的。被殺害的人們有共通點之類的嗎？」

「如果有的話我們就得救了啊……可是被害者的職業跟性別都很分散，假如犯人就在眼前的話，我也很想請他回答這一個問題。」

「你要好好做筆記喔。」

「狙擊犯所在之國」
—Trigger Control—

「就算不做筆記我也不會忘啦。」

奇諾語氣溫和地開口說話了：

「雖然不知道可不可以當作參考，不過要不要看一下我的說服者呢？雖說入境的時候，有人告知盡量不要給別人看，可是在這裡的話應該就沒問題了吧？」

「拜託妳了。」

奇諾將原本固定在漢密斯上面的皮革包包解下來，就這麼打開袋口，把分解成前後兩截並收藏在裡面的「長笛」取出來，動作俐落地組合成一支槍的形狀，並在前端裝上了圓筒狀的滅音器。

這段期間，刑警表露出看著不祥之物的眼神，曼達則保持想睡的眼神不變，兩人就一直看著奇諾以及「長笛」。

奇諾從彈匣裡頭取出了一顆子彈。

發出金色光芒的彈頭，跟雖然色調有些差異但還是發出金色光輝的黃銅彈殼結合在一起。彈藥全長八十釐米，彈頭的直徑是制式的七點七釐米。

「前端很尖銳啊……這種子彈可以用超高速飛過來嗎……」

刑警以驚愕的表情說道。

原本一直盯著看的曼達開口了：

「讓我講一下話吧。這個子彈的速度可以衝到多快？」

「我是沒有測過……不過漢密斯，你知道嗎？」

「雖然是大概的數字，不過每秒有八百公尺。順帶一提這是初速，是從槍口飛出來的瞬間速度，很快就會在空氣阻力下不停減速。」

「這樣啊～」

「醫師，這個速度，跟這個國家的說服者比較起來怎麼樣？」

「誰知道？不是很快嗎？」

「喂。」

漢密斯出聲解圍了：

「這個嘛，當然是很快啦。雖然我不知道這個國家的說服者是什麼，不過是燧發式跟鉛彈對吧？比聲音還慢對吧？大概是每秒兩百公尺？這樣的話就是四倍的速度了。」

「四倍嗎～果然很快呢。人體會變成這個樣子，我也可以理解了。不過身為一個醫師，實在很

「狙擊犯所在之國」
—Trigger Control—

難理解威力這麼瘋狂的武器到底有什麼必要性。謝謝啦。」

奇諾繼續拿著「長笛」，說：

「在這次的案件中所使用的，是跟這把槍有相同性能的說服者、子彈，還有瞄準鏡。我認為在案件發生以前，它就已經走私進入這個國家了，不過我不知道方法就是了。」

「可惡……城門到底在搞什麼……」

「我現在能夠說的，就是這些了。如果可以的話，我想在日落以前去尋找住宿的地方。」

奇諾瞥了牆邊的時鐘一眼如此說。雖然說冬天逐漸接近尾聲，不過一旦過了十七時世界就會急速變暗。還剩三十分鐘左右。

「妳會在這個國家待到什麼時候？」

曼達詢問道。

「到後天為止喔。因為奇諾早就決定一個國家待三天喔。」

漢密斯回答。

「原來如此，用自己的內心去維持習慣是一件好事哦。」

刑警說話了：

「別擔心，警察署會幫妳把住宿的地方訂下來。」

「那該不會是……拘留所吧？」

「雖然很遺憾，不過不是。」

隔天，也是奇諾入境之後第二天的早上。

奇諾在黎明時醒來。

在警察的介紹下，奇諾免費住宿的地方是興建於警察署旁邊街區中的豪華旅館，一棟十層樓的高樓建築。

這棟旅館以這個國家的標準來說是高樓大廈。昨天傍晚抵達的時候，她可以從房間的窗戶一眼望遍首都的美麗街景，以及在遠方開展的白色丘陵地帶。

不過今天早上。

「下雪了嗎……」

雪從早上開始就以猛烈的氣勢不停地下，窗戶外面什麼也看不見。有時候會吹起強風，將細雪擊打到窗玻璃上，發出啪嘰啪嘰的聲響。

奇諾在大大的鏡子前面，進行「卡農」的拔槍射擊練習。然後她淋浴完畢，在餐廳慢慢吃早餐，又回到房間，最後才把漢密斯敲醒。

「唔啊？啊啊，下雪了啊。明明昨天晚上的月亮還那麼漂亮的說。早安奇諾。」

「早安漢密斯。所以今天我想在房間裡悠閒度過。」

「嗯嗯，這樣很好。」

奇諾在窗邊的桌子旁，一面眺望著除了被風吹到亂飄的飛雪之外什麼都看不見的風景，一面開始喝起茶來。

「要打開收音機嗎？我想播報的內容，應該會比昨天的新聞還要詳細喔。」

「說的也是。」

奇諾打開了固定設置在房間內的大型收音機開關。

這個國家並沒有電視臺，不知道是沒有那種技術，還是有但不普及。

收音機有一段時間一直在播放悠閒的音樂，不過十時一到就開始播報新聞了。是一段十分鐘就結束的短暫新聞節目。

當然頭條新聞是昨天的政治人物遭受狙擊殺害的案件，也播報了全國陷入大騷動的情況。當然，犯人還沒有被抓到。

新聞也提到了目前為止曾經發生過的類似狙擊案件。

在這兩年當中，跟這案件很像、也是遭到從「不可能存在」的長距離以「不可能存在」的威力無聲無息狙擊的受害者有——第一起是一名剛邁入老年的男性大企業家，再來是中年的救護隊隊長、二十多歲的警官，然後是五十多歲的女傭。

各個案件不論是時間還是地點，甚至連季節都沒有一貫性。它們共同的地方只有一點：被害人都是在開闊的戶外時遭到槍擊。

「真的是不同到很完美耶。都沒有什麼關聯性嗎？妳有辦法猜到什麼嗎？」

漢密斯發問。

「不，沒辦法。」

奇諾老實回答。

在新聞的最後，報導了市民之間對警方無力守護政治人物的不滿，已經高漲到前所未有的程度，這個話題也就此結束。

接下來是天氣預報。目前的降雪是暴雪，雖然積雪會相當多，不過在十五時過後可望停止；而從黃昏開始到整個夜晚都會是晴天，黎明之後又會開始下雪。

最後是娛樂新聞的時間。新聞開始播報年輕的演員新秀預定以大熱門電影的主角身分華麗出道，後天將在首都的劇場舉辦發表會的訊息；也告知自當天十一時起，會透過收音機對那場發表會進行實況轉播的事。

奇諾關掉了收音機，說：

「雖然遺憾，不過我不認為在我出境以前，謎題就可以解開啊。」

「也是啦。」

在這之後奇諾開始整理旅行用品。她先檢查並列在地板上的工具是否有損傷或是髒汙的部位，然後將可以洗的東西都洗乾淨。

「這個也先弄一下吧。」

奇諾又取出了「長笛」，在事先於地板上鋪好的報紙上面進行分解，加以保養。她從彈匣裡頭將彈藥取出，檢查彈簧的彈力是否弱化，最後將所有組件恢復原狀，裝回包包裡。

到了接近十二時終於把作業完成的奇諾，如此說：

「漢密斯的燃料跟檢查工作，明天做可以嗎？」

「這當然好嘍。差不多快中午了，奇諾妳要做什麼呢？」

「先去吃飯……然後睡午覺嗎？還是說，睡午覺。」

「我就知道妳會這麼說，那麼路上小心～」

在漢密斯說完這句話的下一瞬間，有人激烈地敲門。

然後——

「奇諾！緊急狀況！馬上跟我來！」

傳來昨天那位刑警的沙啞嗓音。

「其實我還滿想聽到一些簡單的狀況說明啊。」

「狙擊犯所在之國」
—Trigger Control—

「我一說明等於花費兩倍的人力，內容都一樣的。」

「可是我的午餐還沒有吃。」

「晚一點會送麵包過來。」

奇諾在鬍子刑警的瘋狂催促下，跟裝載了所有行李的漢密斯連續兩天去警察署報到。

雖然從旅館到警察署的路途非常近，可是光在這兩個地方之間騎上一段路，防寒服的全身就沾滿了雪。

在拍掉雪塊並擦拭過漢密斯之後，奇諾他們被帶領到一處大房間裡頭。

在百葉窗全部封閉起來的房間裡，有數名身穿制服年紀在中年以上的警官們——也就是幹部等級的警官，他們露出來的表情就是「凝重」二字。

「案件的預感。」

漢密斯說。

「嗯，就連我也明白了。」

奇諾回答。

將防寒服脫下來的奇諾，以白襯衫與一如往常的長褲裝扮坐在椅子上。鬍子刑警先把小商店賣的三個麵包跟瓶裝牛奶，擱在奇諾眼前的桌子上。

然後，他向奇諾介紹了這間警察署的署長，也就是在這個室內身穿制服的警官當中看起來年紀最大的男子。

這位看起來六十多歲的纖瘦男子——

「奇諾，因為沒有時間了，就讓我單刀直入地說吧。」

如此切入正題。

「其實這個開場白也可以省掉啦。還有，我們到這裡來的謝禮呢？」

漢密斯用只有奇諾聽得見的音量如此說。奇諾沒有回應這句話，也沒有伸手去拿眼前的麵包跟牛奶，繼續聽著署長的訊息。

「這是大約一小時以前的事。我們收到了來自狙擊犯的犯罪聲明及恐嚇信。」

「…………」

「哎呀糟糕。」

署長對還算滿驚訝的奇諾與漢密斯繼續說話：

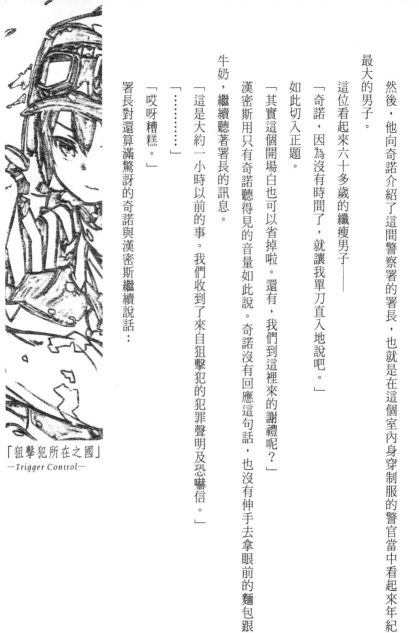

「在犯罪聲明中，包含了只有犯人才會知道的情報；就是那傢伙不會有錯。至於恐嚇──」

署長以視線做出指示，在他旁邊的男子則將一個小小的圓形金屬罐拿給奇諾看。男子打開了罐蓋，繼續給奇諾看裝在裡頭的東西。

那是一根被切下來的人類手指。

手上的小拇指，從指骨底部被整整齊齊地切下來；切口甚至可以看得見白骨。而且上面還戴著小小的戒指。

「啊～這個就是那個吧。」

「是昨天見過面的那位、擔任驗屍官的醫師的指頭，對吧？」

漢密斯與奇諾很快就察覺到了。

「你們一點就通。犯人昨天晚上綁架了正在回家路上的她，把這個指頭刻意送過來當作證據。我們調查過，她沒有回到公寓去。畢竟她的腳那樣，要把她抓走應該是很容易吧。恐嚇信的內容是，今天傍晚，最遲日落以前，要我獨自一人到首都北方的丘陵地帶來，就是這回事。」

「啊～這下子，犯人就是想要狙擊署長對吧，在那個時間點好像也會是晴天的樣子。」

「應該是這樣吧。」

「路上小心，知道路嗎？」

「漢密斯，差不多可以了——我大概知道叫我來的理由了。」

「妳這樣一點就通幫了我大忙。為了慎重起見，我想確認妳沒有弄錯。」

「因為這是千載難逢的機會，你想要我用我的說服者，去狙擊那個連續狙擊犯。」

「沒錯，把那個令人憎恨的傢伙殺了，這樣的機會沒下次了！」

「可以殺嗎？不用審判嗎？」

漢密斯問道。署長搖了搖頭，說：

「如果犯人可以活著被我們抓到，當然值得感謝。不過，我很清楚對手不是那樣的人，而且也考慮了曼達醫師還有奇諾的安全，最後做出了即使要讓真相埋葬於黑暗中，就算射殺也是不得已的結論。」

「原來如此～可是，真的會這麼簡單就行得通嗎？」

「我知道你想說什麼。犯人也是一個擁有說服者且槍法驚人的高手。不過，我們這邊有一個壓倒性的優勢；那是什麼，你們知道吧？」

「不知道。」

「犯人不知道妳在我們這邊！那傢伙應該認為誰都沒辦法擊中自己，完全掉以輕心了吧！心中應該盤算著在視野開闊且良好的丘陵地帶，從數百公尺遠的地方發動射擊之後，就迅速逃跑吧！妳就在那裡把對方幹掉吧！」

署長滔滔不絕地說到這裡，又稍微壓低了聲調繼續說：

「奇諾，這件事妳願意協助我們，不對，協助我國嗎？我們希望請妳做兩件事，第一是狙擊犯人將其射殺，或是讓對方無法行動；再來就是將成為人質的曼達醫師救出來。當然，妳本來是毫無關係的旅行者，我們不會叫妳免費幫忙做。我們會協助提供必要的工具以及交通支援，而在一切都結束的時候，我們除了表揚跟感謝狀以外也會提供報酬。只要車子載得動，燃料跟食物都可以讓妳帶走；在警察署預算的許可範圍內，能在國外賣出去的東西也可以讓妳帶。」

「哇喔～！超級豪華大請客耶！可以這樣嗎？」

「考慮到在這之後還會有人可能被殺，這點代價其實很便宜。」

「這麼說是沒錯啦。」

「怎麼樣？願意為我們做嗎？」

在署長強力進逼，周圍的警官們也以無言施加壓力的氣氛下，奇諾詢問了：

「我是有想要幫助被捲入這次事件的醫師的心情。只是，我有一件事情百思不得其解。在決定是否要接受下來之前，希望能請你解開我的這個疑惑。」

「妳說的那件事是什麼呢？」

「我就問了。為什麼會是署長呢？」

「唔？」

「那邊的刑警昨天說過，沒辦法認為到目前為止的被害者之間有關聯性。為什麼犯人這次會特別想要槍擊署長並且叫署長出來呢。順便提出一個疑問，為什麼曼達醫師會被綁架呢？確實要抓走她可能很容易，可是人質其實是誰都可以，就算不是她也行才對。即使抓的是那一帶的小孩子都好。」

「這個……」

「在這裡的所有人——除了叫我來的刑警以外，難道都不知道這一切都不是偶然的嗎？」

「…………」

看著沉默的署長、以及那個署長以外的警官們，鬍子刑警的眉頭皺了起來：

「不會吧……？」

署長旁邊的男子對喃喃自語的刑警出聲說：

「啊啊我說你……可以稍微去外面一下嗎？」

「當然是不可能這麼做的吧！各位長官打從一開始就知道什麼對吧！而且，這項情報沒有透露給我們這些執行單位的人知道！」

沙啞的怒吼聲響遍了房間，所有人的臉都從他身上撇開了。

「這個嘛，是會生氣的啊～」

漢密斯低聲自言自語。

「因為就算讓執行單位知道也沒用。就算是你，也不可能把一切都告訴執行單位的年輕人吧。既然你是警察組織的人，就應該理解吧？」

署長的態度突然嚴肅起來，擺起架子這麼說。

「…………」

刑警一臉不滿地沉默下來，署長則將視線移往奇諾，說：

「也好……我就回答奇諾的問題吧。這是為了要逮捕犯人，救出人質；雖說理所當然，不過可不能對別人說喔？」

「我明白了，請說。」

「遭到狙擊的人，都是七年前某個案件的關係人。」

署長如此切入正題。

「案件的大概內容是這樣的：某個有錢的年輕男子，在城鎮框了一名妓女並帶到自己家。雖然賣春是違法的，不過遺憾的是不可能完全取締。而事後那名妓女知道男子是有錢人，就恐嚇男子說：『如果你不希望自己買女人的事情被公開給全世界知道的話，現在就立刻付給我十倍的錢』。」

「哎呀糟糕，然後呢？」

漢密斯出聲附和，奇諾則保持沉默等署長說下去，而鬍子刑警也是相同反應。

「男子無可奈何的順從這樣的恐嚇，在他正準備要拿錢出來的時候，頭被女子從後面用酒瓶敲下去。應該是女子看到放在保險箱裡的大量金錢眼紅了吧。男子在負傷的同時依然拚命抵抗，等到

「狙擊犯所在之國」
—Trigger Control—

他察覺到的時候女子已經死了。」

「哎呀呀，是哪一邊不對呢？」

「警察署調查過這一點，就結果來說男子被證明是正當防衛，並沒有因為殺人而被問罪。再加上嫌犯死亡，於是這個案件就結束了。」

「啊啊，原來如此～說得通了～」

漢密斯說。

「我也明白了。」

接著奇諾也說了：

「那個男子的父親，就是剛邁入老年的大企業家；救護隊隊長跟年輕警官是那個時候衝到現場的人，女傭則是曾為那戶人家工作的人，對吧？」

「是的……所有人，都是為男子的正當防衛作證的關係人。」

「也就是說，署長也是當時的署長，醫師也是當時的驗屍官吧～」

「是的。」

「那麼那麼啊，昨天的政治人物呢？」

「他當時是律師，是接受委任並預計在出事的時候替男子辯護的人。他對這個案件很痛心，在當選之後就努力將賣春行為從城鎮中掃蕩出去。」

「也就是說——」

奇諾詢問：

「由於犯人對正當防衛懷恨在心，這些當時的關係人就陸續遭到殺害了？」

「我們也是這麼想的，因為這樣一來一切都說得通了。」

「都知道到這種程度了，你們還猜不出來誰是犯人嗎？」

漢密斯問道。

「我們當然調查過了。妓女的同事、她們的那些小混混雞頭，還有那名女子的熟人、朋友、家人之類的。」

「嗯嗯，結果怎麼樣？」

「所有人都是清白的，狙擊案件發生時都有充分的不在場證明，而且他們也沒有那種槍法或工具。說穿了，完全不會有人會為了替她復仇把事情做到這個地步。家人甚至連『她離家之後的事情

我不管，她死掉反倒還比較好』這樣的話都說出口了。」

「原～來如此。」

「如果署長跟醫師死了，這個復仇就會結——啊，不對，不會結束。」

奇諾發言到一半，察覺到某件事。

署長點了點頭：

「沒錯，不會結束。」

「還有那個用正當防衛殺了人的男子吧。」

「沒錯。雖然我們也在他身邊派了警力戒備，可是到目前為止其實是很吃力，我不認為今後還可以守護他到底。所以，今天是機會。今天不論如何，都絕對必須要阻止那傢伙才行。」

「原來如～此，奇諾，還有別的問題嗎？」

「這個嘛，目前是沒有吧。啊，有一個。」

「是什麼呢？」

「可以吃麵包了嗎？」

「如果妳願意接受下來的話就可以。能救醫師的人，只有妳了。」

「那麼，我要吃了。」

十五時的時候。

「哦，好帥，要多小心喔～」

「我會盡力去小心的。」

「不要死喔。」

「在死以前，我會盡最大的努力不讓這種事發生的。」

「沒錯沒錯。如果妳用的戰鬥技巧很丟臉，會被教妳的師父槍殺喔。」

「想到就會讓我全身緊繃。」

「那就路上小心嘍～雖然我想妳很清楚，不過出境的日期是明天喔。還有，別把『長笛』弄丟了喔，不然就沒辦法出境啦。」

「知道。」

「狙擊犯所在之國」
—Trigger Control—

奇諾在警察署的房間中接受漢密斯的送行，並坐上了小型卡車。

奇諾在自己的襯衫與褲子還有黑色夾克上頭，穿上了警察署準備的兩件式防寒服。

這是一套雪地專用的迷彩服。雖然是白色的，不過因為鮮豔的純白色在雪中反而會很醒目的關係，衣服上面稍微做了一些汙漬處理。在套上防寒服的連帽再戴上面罩之後，奇諾從頭頂到腳踝都變白了。

她揹起來的輕型背包也是純白色的，裡頭裝了在警察署中販賣的麵包、裝好熱水的保溫瓶、簡單的外傷用藥及口服藥物、還有要用來拘捕犯人的手銬。

在包包的外側，果然還是綁上了漆成白色的雪靴；必要的時候只要觸碰一下，雪靴就會順勢掉到腳邊以供著裝。

她手上拿的「長笛」，也是整支槍包上了一層略有汙漬的布巾，還用繩帶將布巾緊緊綁在槍上。滅音器也裝了上去，備用彈匣則收在防寒服的口袋裡。

「卡農」與「森之人」都收在各自的槍套中，並裝備在防寒服的下半身上。

她在白色手套的手腕部位戴著借來的手錶，在著裝時將錶面轉到手腕內側。

四輛卡車從警察署出發了。

一輛卡車裡頭坐的是奇諾與鬍子刑警，另外一輛坐的是署長與擔任駕駛員的警官，再一輛卡車則是連車斗都用上之後一共坐了六名警官，還有一輛是要用來前往雪原中的指定地點。

雖然雪還一直下，不過已經小很多了。

四輛卡車在首都的市區緩緩行駛，一出了郊外就提升速度。這列卡車沿著紅色柱子的行列旁邊前進，卡車前輪側面的雪橇輕快的將積雪不停鏟飛。

沒多久，原本下得狂暴的雪突然止住，雲層快速散去，天空急遽變亮。

而當太陽在西方天空顯現的時候，積雪也跟著刺眼到危險的程度。包含奇諾在內的所有人，都戴上了太陽眼鏡跟深色的防風眼鏡。

握著方向盤的鬍子刑警說：

「讓妳捲進這種垃圾事情，我感到非常抱歉。但我一開始，也只是想要跟妳借用一下智慧而已啊……」

「我也很驚訝。不過如果我沒在廣場吃飯，應該就會錯過這件事了吧。」

「可是，就算這樣……我還是希望用這雙眼睛看到這個案件解決。感謝妳願意在廣場吃飯，這

個國家的餐點好吃嗎？」

「非常好吃。」

「那就好。我對妳是有期待的，妳要好好地平安回來啊，醫師也拜託妳了。」

「我明白了。另外有件事情想問，那個人的腳是不是很不好啊？什麼時候變那樣的？」

「嗯？詳細情形我不知道，不過我聽說她在享受自己的興趣也就是滑雪的時候弄傷了膝蓋，差不多是在三年前吧，以後她就一直撐著拐杖了。」

「是這樣的啊。」

「這回是指頭嗎……假如醫師要去咬犯人的話，我也會容許她把幾根指頭咬碎的。」

「就這麼做吧。」

卡車停下來的地方是最後一根紅色柱子矗立的地點，周圍就是字面意義上的「什麼也沒有」。

這裡是一處僅有刺眼的白色山丘相連的寂靜世界，卡車的溫度計所顯示的氣溫是攝氏零下四度。只不過因為幾乎沒有風的關係，並沒有冷到凍僵的地步。

奇諾看著借來的手錶，已經接近十六時了。之前有人告訴她，今天的日落時間是十七時三十分。

「路就到這邊為止了。雖然因為雪的關係看不見，不過這裡被開闢為停車場。這前面以前曾經有城鎮，但現在只是一片荒地，沒有任何人住，是鹿跟兔子還有熊住的地方。」

刑警一面從卡車上面下來一面說。

「指定地點是在這前面往北大約五公里的地方，因為那裡的山丘上建置了一座古老的鐵塔所以一下子就可以認出來，用這輛卡車去的話應該來得及吧。」

「原來如此，那麼我就出發了。」

「拜託妳嘍。」

「請你不要太期待。對了，有一件事想單獨問你。」

「什麼事？」

「逮捕犯人跟救出醫師，如果要你選一個的話，你會說哪一個？」

「…………」

鬍子刑警在煩惱了十幾秒以後——

「狙擊犯所在之國」
—Trigger Control—

「請妳因應狀況決定……」

有些痛苦地說。

「我明白了。」

穿著白衣的奇諾揹起了白色的背包，將包成白色的「長笛」掛在肩上，走近署長等人事先預備好的卡車。

然後——

「拜託你嘍！」

她看到了一名剛被署長拍拍肩膀，年齡、身高和體格都跟署長相仿的警官，是個先前沒有出現在房間裡的男性。這名穿著厚重的深藍色大衣，頭戴防寒帽，臉上戴著防風眼鏡的男子——

「是的……我會努力……」

語氣虛弱的說。

署長轉頭看著奇諾，說：

「喔喔奇諾啊，他是要來假扮我的！就萬事拜託嘍！」

「原來是這樣啊。是因為你自己不打算行動嗎？」

「當然。要是我有萬一，署裡會怎麼樣？首都的治安又會怎麼樣？」

「原來如此。這麼說來……你為什麼要到這裡？」

「因為不管是生是死，我都想知道犯人是什麼樣的傢伙，要在第一時間拜見對方的真面目啊！我已經期待很久了！」

「原來如此。」

奇諾坐上了卡車的車斗。

在不怎麼寬的車斗中，她躺在事先擺放好的厚墊子上，再用布罩從上方將整塊厚墊子蓋起來。

躲藏在其中的奇諾，從微小的縫隙向外眺望。

「要、要走嘍……要好好拜託妳嘍……」

擔任署長替身的警官在駕駛座上說了這句話，便發動卡車前進。

卡車行駛在雪原上，新雪也隨之被豪邁地鏟飛上半空中——

「差、差不多要到了！」

奇諾聽見了男子的聲音，她看了看手錶，是十六時二十分。

從速度慢下來的卡車車斗上，透過布罩的微小縫隙中看得到的景象，還真的是什麼都沒有的世界。

白色的雪，以及將近黃昏時分的淺藍色天空，除此以外沒有別的顏色。

奇諾以不輸給引擎聲的音量大叫著：

「請在最靠近指定地點、視野良好、最高的地方停車。車子一停我會馬上從後方下去，趴在卡車底下擺好架勢。等我準備好會再出聲，請你從駕駛座上下車。」

「我不能一直坐在車子上嗎……？雖然長官要求我『來這裡』，可是沒要求我『從卡車上下去』啊……？」

奇諾對男子虛弱的呼聲如此回答：

「這樣子很危險。你把事先準備好的鐵板，塞進了胸前跟背後了吧？請注意別讓它們掉下去，保持站立的姿勢。狙擊手通常瞄準的地方不是頭部而是身體，因為這樣做比較容易打中。你一直待在駕駛座，對方在無可奈何的情況下，只好讓子彈穿過前方的擋風玻璃，對準你的臉或頭射過來了。」

「唔！……靠、靠這種鐵板，防得住子彈嗎……？」

「只要對方不是在你眼前擊中你就沒關係。只是，你的肋骨可能會在衝擊之下斷掉也說不定。」

「根本不是沒關係啊！」

「在疼痛傳遍全身的情況下倒地，對方會比較容易認為『你死了』。如果你這麼做的話，雖然可能會滿冷的，但還是要請你不要在雪中有動作。假如你稍微動一下，對方會認為你還活著，一發子彈就會飛過來給你最後一擊了，新雪之類的是很容易被子彈貫穿的。」

「……我、我明白了……我會照妳說的做……差不多要停車了喔……」

卡車減速，在緩緩爬升的上坡頂端停住了。

在車子停下來的前一刻，奇諾將原本覆蓋車斗的布罩繩帶解開。布罩順勢往車後方滑落，奇諾則以躲藏在其中的姿態從車斗上滑下去。

她的腳於車子後方下地，在卡車停住的同時，就這麼直接迅速鑽進車體底下。

奇諾一面將新雪往左右推開，一面在車體底下的空間中匍匐前進。她穿過了履帶之間，在卡車的前輪，或者應該說是前方滑雪板之間取得了可以隱身觀察外界的位置。在奇諾的頭頂正上方，就是一個大大的燃料箱。

奇諾將周圍的雪塊慢慢推開，並只推掉必要的分量。她繼續伏地架著「長笛」準備射擊，透過瞄準鏡觀察景色，並解除安全裝置。

「我準備好了。」

「很、很好！」

車門打開，男子緊挨著卡車右邊站立。

同時奇諾架著「長笛」，調整呼吸讓自己可以立刻攻擊，並用瞄準鏡掃視周圍。

位於左邊的太陽所發出來的光芒，讓這個世界十分明亮。

在經過瞄準鏡放大的視野中，奇諾以沿著景物輪廓描繪的方式，眺望著連積雪的外形都分辨得出來的清晰景色。

從遠方的山丘、移動到近處的山丘，往右、往左，然後將這瞄準軌跡再重複一次。是否有些微的異常變化呢，她靜靜的、卻又快速的觀察著。

「還、還沒好嗎？」

聽到男子的焦躁聲音，奇諾冷靜回應：

「你主動跟我說話，會讓對方有不自然的感覺。」

「妳要我怎麼做……？」

「請假裝覺得冷，稍微在周圍走一走，就算發出聲響來也不要緊。不安且沒有規則的動作，比較不容易被打中。然後請你環視周圍打探，只要發現任何些微的動靜，當下就要簡短地通知我。」

「可、可惡……」

男子從駕駛座上將雪靴拿在手裡，以慣用手把它套在自己的靴子外面。然後，他在新雪上面穩穩踏著幾乎沒有陷下去的步伐行走，發出了沙沙聲響。

奇諾打探著只有一大片雪的周圍。

卡車正面，以北方為中心，先向左再向右各六十度。

視線從遠方逐漸移動到近處，什麼也沒有，一個人也沒有。

她隨即扭動身子，打探側面，也就是東方。在男子的身體阻礙視線的時候就請他稍微動一下，

「狙擊犯所在之國」
—Trigger Control—

除了被朽壞的鐵塔擋住看不到的地方以外，全都打探過了，一個人也沒有。

她打探西方，因為太陽光來到了比較低的位置，如果有什麼東西的話，那個東西就會被照出影子來。

什麼也沒有。

沒有射擊，也沒有遭到槍擊，只有時間不停地過。

「沒有人……很奇怪……」

奇諾的自言自語被男子聽到了。

「到底是怎麼樣了……？一個人也沒有嗎……？我們被騙了嗎……？」

穿著雪靴的男子漫無目標地四處行走，露出疑惑的表情這麼說。他看了看手錶，是十六時四十分。

「啊！」

聽到奇諾這一聲的男子——

「怎麼了？妳發現到什麼了嗎？」

驚訝地將視線移向卡車底下。

然後，有聲音從那裡回應過來：

「中招了……是陷阱！」

鬍子刑警看著自己的手錶。

十六時四十分。

在那之後，三輛卡車雖然一起在停車場待命，不過沒有奇諾他們回來的跡象。太陽靜靜西沉。

刑警在自己所乘坐過來的車輛之車斗上，一直望著北方。卡車行駛出來的巨大軌跡筆直延伸，在山丘的後方消失了。

刑警轉過頭來。

一輛卡車停在他正後方，署長就坐在那輛卡車的副駕駛座上。在引擎開著沒熄火暖氣也打開的車內，署長脫掉大衣拿下帽子，正悠閒休息著。

另外一方面，其他的警官們都來到外面警戒四周。他們都用雙手架著燧發式說服者，在寒冷中

「狙擊犯所在之國」
—Trigger Control—

筆直站立，警戒四周。

「過得真爽啊。」

刑警對著署長低聲碎唸，跟署長前方的擋風玻璃冒出蜘蛛網狀的裂痕，這兩件事情是同時發生的。

「呃啊！」

在慢了一拍之後，才聽見署長的聲音。

接下來，從曾經是署長的臉所在的位置噴出來的血，從內側染紅了破裂的擋風玻璃。

「什麼陷阱？怎麼回事？」

在四周不停踏步行走的男子問道。

「狙擊犯不會來這裡！」

「那會去哪裡……？——啊啊！該不會，去署長他們那邊了？」

「就是這樣！」

全身都是雪的奇諾，從卡車側邊下方爬了出來。她在正大光明現身之後，就往副駕駛座的方向跑去：

「犯人會從數百公尺的遠方，狙擊在那個地方的署長。」
男子一面朝著奇諾所在的卡車方向走回來，一面發問：
「可是，從遠方看怎麼分得出來誰是誰？所有人都是同樣一套制服大衣外加帽子的打扮喔？甚至連防風眼鏡都戴上了。」
正是如此打扮的男子這麼說。
「的確是這樣。不過，在最糟的情況下，狙擊犯甚至有可能射殺在那邊的所有警官。」
「唔唔！……」
「回去了！請你駕駛！」
「知道了！」
男子與奇諾坐進了狹窄的卡車裡。
他們沿著先前開出來的軌跡，開始向南行駛。

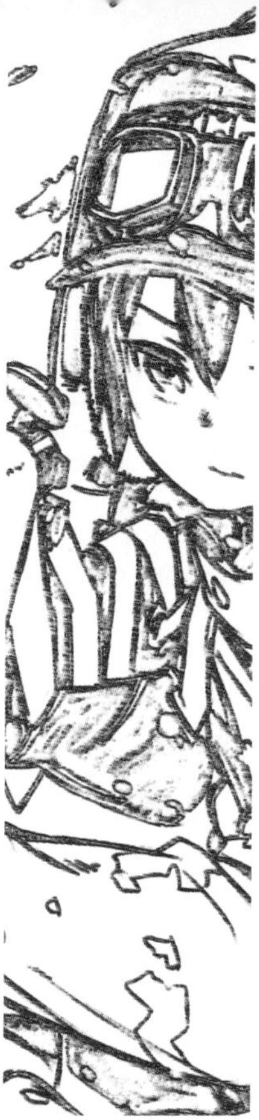
「狙擊犯所在之國」
—Trigger Control—

「署長遭到槍擊了……！」

「快送醫院！」

「沒救了……腦都跑出來一大半了……」

「混帳！」

鬍子刑警在車斗上一面聽著將卡車團團圍住的警官們怒吼，一面低聲碎唸：

「因為只有你一個人在那邊享受溫暖啊……」

第二發子彈並沒有飛到這個地方來。

在錶面顯示為十七時的時候，副駕駛座上是奇諾坐著的小型卡車於雪原中行駛。當車子下了一個山丘又在雪原中上坡，一路爬到坡頂的時候。

「停車！——不對，不要停！」

奇諾大叫起來。

「到底是哪一個啊！該不會……」

「是犯人！左邊！」

奇諾看到了一個用滑雪板疾行的人。在左前方、距離大約三百公尺的地方，正往一個山丘衝上去。

對方的腳勁相當有力，沒把斜坡當一回事就衝了上去。

犯人跟奇諾一樣都是全身純白，穿著雪地迷彩服，腳上裝備了滑雪板，雙手拿著雪杖。

而且背上果然揹了一把以白布包裹的細長步槍。

「那個混蛋！我要撞死他！」

駕駛座上的男子叫出了不像警察會說的話語，並往那個地方打方向盤。

「不行，會被狙擊！趴下去！」

犯人停下了疾行的動作，在注意到這邊之後，雙膝跪地挺直身子，將背上的步槍拿到身體的前方。

奇諾在狹窄的車內將「長笛」舉到自己身體前方，用來當作守護自己的臉、頭部以及身體中心線的盾牌。

「咿！」

「狙擊犯所在之國」
—Trigger Control—

男子在狹窄的駕駛座上把頭往方向盤撞下去，將身子彎低。
山丘上的犯人開槍了。
沒有聽到槍聲，只傳來一陣金屬遭到威猛撞擊的超大聲響，「轟」一聲在車內迴盪。
「被打中了嗎？」
「我沒事，你呢？」
「我沒問題……是打偏了？」
「可能吧。請先往右邊逃走。」
卡車向右邊急轉彎，試圖拉出跟犯人的距離。
這樣一來就形成車子從山丘上疾駛下坡的態勢，雖然犯人從奇諾的視野中消失，但同時卡車也得以從犯人的射程中逃脫。
「請先停下來，我過去找一下。」
「知、知道了。」
奇諾揹著「長笛」，從下坡途中停下來的卡車上跳出去。她沿著卡車剛輾出來的軌跡，也就是最好走的地方衝上坡去。
儘管這樣，新雪還是很柔軟；走到連膝蓋都深埋進雪中的奇諾，有時候甚至要用雙手去攀登坡道。
在抵達山丘上面以後，奇諾端著「長笛」，慢慢地探頭張望。
她望向剛才犯人所在的地方，犯人已經不在那裡。滑雪板的痕跡，在山丘深處消失了。
「逃走了……沒有要對我們這邊下殺手的意思嗎……？」
奇諾迅速轉身，從剛攀登上來的山丘頂端氣勢洶洶地向下滑去，以比上坡時還要快上幾倍的速度回到卡車上。她打開車門，一面鑽入車內一面說：
「犯人逃走了，還追得到。只要用山丘當掩護避免被打中，保持距離沿著滑雪痕跡追蹤，對方就逃不掉。對方是人類，總是會累。只要有機會，或許最起碼可以打到腳。」
「關於這點……很奇怪啊。」
男子指著駕駛座的儀表板，在那個地方的燃料表上。
「明明沒有行駛，卻一直在減少……」
指針正以從未見過的速度移動。

「狙擊犯所在之國」
—Trigger Control—

「出發時燃料是滿的不會有錯！明明剛才抵達的時候也還有八成，現在已經掉到一半以下了！」

「…………」

奇諾跳下車，往車體底下窺視。

「中招了……」

燃料箱的邊緣開了兩個大大的洞。

鐵板遭到子彈貫穿，燃料就從那兩個洞宛如瀑布一般的持續洩漏，滲進雪中。

「燃料箱被打壞了，洞太大堵不起來，還可以稍微開一段路，我們去追吧。」

「那傢伙是在逃亡途中嗎……？」

「應該是吧。」

「也就是說……署長已經遭到槍擊了嗎……？」

「恐怕是的。」

「那麼……我就不管了！」

男子從駕駛座上跳出去。他把大衣底下的鐵板丟在駕駛座上，還不忘把原本丟在車斗裡面的雪靴一把抓住拿出來。

「狙擊犯所在之國」
—Trigger Control—

「後面的事我不管了！誰幹得下去啊！誰受得了死在這種地方啊！」

就這麼拋下一切職務逃走了。為了穿上雪靴，他先停下腳步站住；在進行動作的同時還對奇諾大叫著：

「妳也沒有義務要繼續賣命下去吧！醫師也早就已經死了啦！妳就別管了快點逃吧！會對妳抱怨的人已經死了！妳只要說：『燃料箱被擊中也就沒有辦法』就好啦！」

「…………」

奇諾目送逃跑的男子背影兩秒鐘之後，身子一躍換乘到駕駛座上。

燃料剩下三成。奇諾踩下油門，放開離合器。

她打著方向盤改變卡車的行進方向。卡車穩穩壓進厚厚的雪中，開始強力登上斜坡。

奇諾在上山丘之前，已先把男子丟下來的鐵板緊緊壓在擋風玻璃前方。她從鐵板與車頂之間的些微縫隙向外窺視，追蹤滑雪板的痕跡。

夕陽西下，天空急遽染上了鮮明的橙色。在雪的顏色也跟著變化且逐漸染遍全地的過程中，奇諾不斷探尋犯人的滑雪板痕跡。

她越過了一個山丘，又越過了第二個山丘。

「！」

在一百公尺的前方，犯人正在坡度頗陡的山丘底部守候著——看到對方精確端著步槍對準自己的身影，奇諾直接全力踩下油門向前衝去。

沒有聽到槍聲。

子彈貫穿擋風玻璃命中金屬板，將那塊板子擊飛。

沉重的板子以猛烈的威力襲向駕駛座，在撞上了空無一人的座椅後就深深卡在裡面。

卡車以猛烈的氣勢衝下斜坡前去。

身體往副駕駛座的方向趴下去的奇諾，打開了副駕駛座的車門。她用右腳將油門踩到極限，並往右打方向盤。

往右行駛的卡車產生了向左的離心力，這股力量讓奇諾從駕駛座滑落出去。

彷彿是由離心力使勁將她從車內拔出來一般，奇諾緊擁著「長笛」被大力拋出車外，掉到深雪之中。

奇諾第一時間起身，架起了「長笛」。

她的目標是八十公尺的前方，正在操作步槍的犯人。在對方以右手拉開槍栓把空彈殼退出，正將下一發子彈塞進膛室的途中。

「不是自動式，真是太好了。」

奇諾已經毫不猶豫地往對方握槍的地方射出子彈，是高速的二連發。

從「長笛」的滅音器中，噴出了彈頭與高壓氣體。兩個空彈殼在空中飛舞，在橙色天空的照耀下反射出閃亮的光輝，之後掉落在雪上，將雪融化並向下沉沒。

二發子彈都打中了犯人的步槍，硬是讓它從對方手中脫離。被打飛的長步槍正中對方戴著帽子與防風眼鏡的頭，給犯人一頓重擊。

犯人的身體靜靜倒在雪上不再有動作。

「啊！……」

卡車則映照在剛從瞄準鏡移出來的奇諾視線中。

奇諾拋下不管、或者應該說是「把奇諾拋下不管」的卡車失去了所有燃料，原本以側面傾倒的

姿態在山丘的斜坡上停住不動。接著那輛卡車開始失去平衡，側面慢慢開始向下倒去。

「…………」

就這麼開始滾動起來。

在雪原上不停旋轉滾動的卡車以凶猛的氣勢，一面將新雪甩飛上空，一面衝向倒在地上的犯人。

在什麼都不能做、也什麼都還沒做的奇諾眼前。

「…………」

卡車就這麼在犯人的身體上方停住了。

在太陽西沉之後的世界，出現了另外的光。

在太陽隱沒於雪原之下的同時，西方天空的餘暉依然鮮明，東方天空則出現了一面白鏡。

將太陽光反射為正圓形的滿月，將其光明遍灑於雪原上，明亮程度跟白天相比幾乎沒什麼變，這回世界染上了蒼白的顏色。

「…………嗯嗯……」

「妳恢復意識了嗎？」
奇諾在近距離盯著橫躺在雪原上的曼達醫師的臉，說。
「唔？啥？——啊啊，什麼嘛原來是奇諾啊。妳好嗎？」
睜開眼睛清醒過來的曼達，對低頭望著自己的奇諾如此詢問。雖然逆光，不過在雪的反射下，奇諾的臉被照得很明亮。
「託妳的福。」
摘下防風眼鏡，拿下防寒服的連帽，頭上只戴著帽子的奇諾這麼說。
「我……還活著嗎？為什麼？」
曼達慢慢起身之後，又一屁股坐在雪原上不動，如此問道。
「這是個好問題。」
奇諾往自己的右後方指了過去。
那裡有一輛完全翻覆的卡車，在那輛卡車的車斗與駕駛座之間，有一處狹小的空隙。

「託那個空間的福，妳才沒有被壓扁啊——犯人小姐。」
全身穿著白色衣物的曼達，滿懷笑容的說：
「哎呀，那真是太幸運了呢。」

「要喝嗎？」
奇諾將熱水倒進保溫瓶的杯蓋裡，遞給了曼達。
「謝謝。一直都在跑口渴得很，畢竟吃雪總是不太好。」
曼達將那杯熱水津津有味地喝入口中：
「嗯～還有點燙呢，我滿怕燙的。」
她抓了一把手邊的雪加入熱水中融解之後：
「嗯～剛剛好！」
開始咕嘟咕嘟地喝著，喝得津津有味。
在蒼白的世界中，奇諾坐在曼達對面。「長笛」就隨意插在奇諾身後數公尺的雪中豎立著，而在槍套中連同皮帶一起束在奇諾腰上的「卡農」，則接替了前者的角色。

「妳沒有死真的讓我鬆了一口氣，理由有兩個。」

「如果是第一個的話我知道。妳想知道我為什麼要一個一個地去槍殺所有人對吧？還有就是，妳也想知道我是怎麼做的？沒錯吧。」

「關於妳是怎麼做的，這點，我大概判斷得出來。」

奇諾伸手指的東西，是隨意置放在卡車旁邊，由曼達所使用的步槍。

步槍被奇諾發射出來的子彈擊中，收納槍栓的槍機部位以及長長的槍管中央都被打出了大大的凹洞。以說服者的角度來說，它已經不能再派上用場了。

白色的布套幾乎被整個拿掉，讓那支槍的外表看得更清楚。

在強化塑膠製的槍托前端，是造型跟「長笛」非常像，或者應該說是幾乎一模一樣的護木。只不過，從外表還是看得出來材質的不同。

另外還有像是槍身側面有溝槽橫貫之類，在細部設計上與「長笛」之間的些微差異。但從消音器看來，兩支槍是同一家公司製造的事實是很明顯的。

除了每擊發一枚子彈就必須要手動裝填的栓動式特點之外，它就是一支跟「長笛」極度相像的步槍。

「那支步槍，跟我的很像；使用的子彈，也完全一模一樣。」

奇諾從口袋裡取出子彈。那是從曼達的步槍裡頭拿出來的東西，跟「長笛」的子彈大小相同，就連底部刻上的文字也是一模一樣。

「我事先做過一番推測，我想應該沒有猜錯。」

「我來聽聽看吧。」

曼達以笑容回應。

「我的『長笛』，是在某個順路拜訪的國家中，以幾乎是被硬塞的方式拿到的東西。那個國家基於國防的需要製造了性能優越的步槍，又自豪到很想讓旅行者持有它。我的那一支是軍隊制式採用的自動式步槍，妳的則是同一家公司製造的栓動式步槍。妳這支步槍並沒有獲得制式採用；雖然我不知道理由，但應該是某個旅行者在那個國家受贈的吧。」

「嗯嗯，然後呢？」

曼達彷彿像是老師等待學生回答一般，等候奇諾回應。

「然後那個旅行者就在這個國家犯下了滔天大罪，也就是『把帶進來的步槍偷偷拿去賣』的罪行。究竟那個人是怎麼做才可以辦到這樣的事，我並不知道。可是，這支槍就這樣交到妳手中。」

「嗯嗯，然後呢然後呢？」

「雖然下面說的這件事我還是不知道理由，不過妳是有能力隨心所欲使用這支槍的。所以，妳發動了狙擊事件。妳假裝膝蓋受傷安裝了輔具，又等了一年，將機會逐一落實執行。」

「完美。這下不就沒事情留給我說了嗎？」

奇諾搖了搖頭：

「還有很多事情啊。」

「那麼，可以再給我一杯熱水嗎？另外，妳還有沒有什麼吃的東西？」

在月光照耀的雪之谷底。

「啊啊，好吃。想不到警察署賣的麵包竟然會這麼好吃，我都不知道。」

「狙擊犯所在之國」
—Trigger Control—

曼達狼吞虎嚥地吃著奇諾交給她的麵包。

雖然氣溫還在冰點以下，不過她把白色迷彩服脫掉丟到一邊去，只穿著一身平凡的毛衣與厚重的長褲。

連手套都拿下來的她，左手小拇指的指骨底部以上已經不見。該處雖然用繃帶細心包紮，但還是滲出些微血絲。

奇諾看著那隻手問道：

「不會痛嗎？」

「麻醉打很多了所以沒問題，而且我也縫合得很好。別看我這樣，我可是醫師哦？」

「是我失禮了。」

把奇諾帶來的麵包全部吃光的曼達，咕嘟咕嘟地喝完熱水，心滿意足地呼出了白氣。

「呼～我吃飽了——好了，妳想知道什麼？不送點晚餐的回禮不行啊。」

「雖然有一堆我不懂的事……不過話說回來，在這裡悠閒談話沒關係嗎？」

「可是，奇諾妳是想要我這麼做的吧？」

「是這樣沒錯。可是什麼時候警察會過來讓談話結束，還是我可以聽到最後，這我就不知道了。」

「如果卡車過來的話，好歹聽聲音就知道了，到時候就隨便你們嘍？」

「…………那麼，我就問了。首先是關於妳的事，妳是在哪裡學習射擊的？」

「在自己家。」

「什麼？」

「我的老家是火藥店，是一間修理說服者並販賣火藥跟子彈的店。所以，我很自然就學會了射擊的方法，而且也有修理的能力。我畢竟是獨生女，也曾經想過要繼承這家店。」

「原來如此……可是妳當了醫師。」

「因為原本以為考不上也沒差的國立大學，不知道為什麼真的錄取我了啊。不過嘛，我那時候覺得如果自己討厭當醫師的話就算放棄也沒差，何況——」

「何況？」

「醫師的薪水也沒有很糟糕啦。坦白說，我老家的經營狀況很吃緊。在媽媽過世之後，光靠頑固的爸爸是沒辦法好聲好氣做生意的，而我那爸爸，也因為上了年紀已經有了宿疾啊。」

「經濟上陷入貧困的老家……這就是、妳開始去做壞事的理由嗎？」

「嗯？妳說什麼壞事？」

「……我說的是連續狙擊啊？」

「啊啊妳說的是那個啊，不是那個。」

「妳的意思是？」

「我為了老家開始去做的壞事，是瞎掰正當防衛的事啦。」

「奇諾，雖然是我猜的，不過妳應該從署長那裡被告知了一堆胡說八道的事情對吧？說我所殺掉的被害人，全部都是七年前那場『正當防衛』的關係人。」

面對滿懷笑容的曼達。

「是這樣沒錯。」

奇諾坦率承認了：

「因為對我來說，並沒有可以懷疑這個說法的證據。」

「那麼，我來告訴你我自己記得很清楚的事情吧。七年前，那個把妓女帶到自己家的富二代，當時才只有十七歲，是個不知世事只有錢多，還以為自己無所不能，做什麼事情都會被原諒的白痴少爺。那傢伙在爽到極點以後，到了要付錢的時候卻冷冰冰地拒絕了，大概是面對一個從事違法行為的女人，連這麼一點錢都不太想給出去了吧。可是明明錢包裡頭塞了很多錢啊。這就是所謂『賢者的決定』嗎？」

「……然後呢？」

「他想把女子直接趕出家門，就跟為了生活、為了買明天的麵包而需要金錢的對方爭執了起來。」

「就被她差點殺掉了嗎？」

「才不是。這個白痴富二代單方面對女子全面施加暴力，在極力痛打對方還樂在其中的時候，才發覺她已經死了。」

「…………」

「聽到這場騷動的女傭便報警並且叫了救護車，眼看事情就要變得很嚴重，白痴富二代就去找

父親哭。他父親雖然驚嚇到傻眼，但為了維護自己的地位，還是去找熟識的律師討論。律師則去找警察署長討論，最後做了些什麼，妳就已經知道了吧？」

「就是要這些人一起把這個案件壓下去。」

「沒錯，非常不得了的事情對吧？」

「如果這是真的，就是這樣沒錯。」

「而我也是這幫傢伙當中的一人。」

「…………」

「負責驗屍的我，照著署長的指示，將一名只能以賣身當成謀生方法的女子，編造成一個見錢眼開的殺人未遂犯；寫了一份白痴富二代受到根本就沒有的頭部創傷的診斷書。但其實他只是在把人打個不停還樂在其中的時候，也把自己的兩根手指骨打斷而已。」

「…………那麼，我還是要問同樣的問題。經濟上陷入貧困的老家……這就是、妳開始去做壞事的理由嗎？」

「是的……這就是理由。署長對一直沒有點頭的我這麼說：『如果妳接受指示，今後這間警察署就會向妳父親的店採購火藥』。」

「那真是……很好賺的提案吧？」

「當然。生意復甦之後，爸爸也非常高興。在他知道一切以前是這樣啦。」

「知道？這樣啊……妳不小心講出去了對吧？」

「是的……明明我只要跟其他人一樣一直保持沉默就好了……在四年前，父親住院的時候對我說，就當他拜託我好了，要我告訴他真相……現在回想起來，真的好傻啊我。爸爸呢，原本預想的應該是更淺薄、更小的事情，像是我在警察署裡頭拜託長官特別關照家人之類，可以笑一笑就原諒我的事吧。」

「這……一定讓他很驚訝對吧……？」

「大概吧～就是驚訝到在那之後就中止跟警察署交易，拒絕接受一切對疾病的治療，痛苦到最後死掉的程度吧。」

「…………」

「我發現自己要後悔一輩子，一直後悔一直後悔，後悔到以為自己的殘生就像行屍走肉一樣，只能一面切割屍體一面活下去。這樣一來，這件事應該就可以完結了吧。」

「狙擊犯所在之國」
—Trigger Control—

「可是，並沒有完結……到底，發生了什麼事？」

「那個白痴富二代，又幹好事了。」

「該不會……」

「就是那個該不會。是三年前的事了。活到二十一歲，總之應該算是生長到成年的白痴富二代，又殺了一名妓女。而且這回他打從一開始就是為了要殺人而把對方叫到家中，用盡各種極端殘酷的方法折磨對方之後再加以殺害，就是對殺人的快感難以忘懷啊。然後他又打電話給父親了，說爸爸快救我啊！」

「……然後呢？」

「跟上回一樣，署長跟律師都贊同把案件壓下去，我也又寫了一份正當防衛的診斷書。我一面寫一面想，包括我在內，這幫人全都沒救了，所有人都非死不可。」

「…………請繼續。」

「不過那個白痴富二代，到目前為止是還沒有幹下第三次啦。有一陣子他低調地過生活，最近開始找工作，好像總算是找到了，但應該是靠父親的人脈吧。而我則是每天過著只想要把所有關係人殺得乾乾淨淨清潔溜溜之後再去死的日子。可是，並沒有那種方法。不管怎麼苦惱思索，沒辦法的事情就是沒辦法。如果要殺掉一個人或兩個人，是可能有辦法的哦？妳也知道，我好歹是個醫師，還在警察署工作。不過，如果要在所有人都沒有察覺到的情況下把他們都殺了就沒辦法。」

曼達說到這裡先停了下來，然後笑了笑，繼續說：

「直到旅行者到店裡來的那一天為止。」

「店裡……妳還是繼承下來啦。」

「是的，雖然我有好幾次想要把店收掉就是了……幾乎都是在開店等打烊的狀態啊。即使這樣我還是下不了決心，或許在我內心當中的某個地方，還有一種想把自己遺留在自身罪孽鐵證當中的念頭吧。可是，我總算可以為這個決定喝采了。」

「…………請繼續說。」

「在那個我偶然開店的日子，那個旅行者來了。是個騎馬旅行，年過五十的穩重男子吧。他向我展示了一支性能之高前所未有的說服者以後說，希望本店可以把這支槍買下來。奇諾妳說的完全沒錯，他說這是在某個國家拿到的東西。他還說雖然一開始是很高興，可是後來完全找不到用途就只覺得重而已。如果能讓我用高價買下它，他想在這個國家再買一匹有活力的馬，繼續旅行。」

「狙擊犯所在之國」
—Trigger Control—

「原來如此……可是，把這支槍留下來就不能出境，這件事就算是那個旅行者也很清楚吧？」

「當然。我把這件事情說出來之後，他不懷好意地笑著這麼說：『這個國家的入境審查官，雖然會分辨說服者的造型，但他不至於會連性能都明白』。」

「……妳去偽造了吧，假造了一支贋品。」

「沒錯。我拿了在店裡的說服者零件又切又拉又削的，花了好幾天呢。那算是我傾注全部心力完成的作品吧，我打造了一支純看外表的話就是完全一模一樣的東西。只不過，那是支連一發子彈都射不出來的模型槍啊。」

「竟然要拿那支東西出境，那個旅行者也下了一個相當危險的賭注吧……？如果事跡敗露的話會被判十年徒刑對吧？」

「真的是這樣啊。我也再三提醒過他了，可是那個旅行者笑著這麼說：『做到這樣就不會敗露啦，就算真的敗露了——』」

「敗露了？」

「『也不過就是再進去十年就好啦，我早就習慣坐牢了』，他是這麼說的。」

「這個世界上，真的是有各式各樣的人……」

「我有同感。然後他就出境了，平安無事。害我有點失望。」

「這個，妳會不會是搞錯了？」

「才沒有搞錯呢。因為他說，如果萬一遭到逮捕財產被沒收的話就討厭了，所以沒有把我原本付的錢帶走。接下來在經過一段時間以後，他又入境了，特別過來展示那張驕傲的臉還說了聲：

『怎麼樣！』，收了寄存在這裡的錢。」

「原來如此……」

「在那之後的事情，大概都跟妳的推測一樣。我運用自己在法醫解剖室工作中的空閒時間，把計畫研訂出來。我還假裝自己膝蓋在痛。休假日的時候，我就在老家裡頭跟山上深處練習射擊。因為我的子彈只有大概兩百發，要慎重點用才行啊。」

「妳的槍法真的非常厲害，而且滑雪技術也很行，我差點就以為追不到妳了。不過我實在不認為可以輕易練好這兩樣。」

「因為我從小就很享受在冬天打獵的樂趣啊。包括射擊在內，我早就習慣在雪山行動了。」

「原來如此，我可以理解了。」

「就這樣，我緩慢且紮實地、從誰也無法察覺的長距離開槍、陸續殺害『共犯者們』。我的努力有了價值，昨天成功殺掉了前律師；今天雖然計畫有些倉促，但我用一根小拇指當誘餌，也成功殺掉了署長。可是呢，想不到奇諾妳那麼快就折返回來，只有這件事在我的預料之外，我以為妳早就逃走了。」

「…………」

「妳想問的事都問了嗎？」

「最後還有一件事。」

「請問。」

「妳在槍殺署長以後，全力朝我們這裡過來，我想知道這麼做的理由。以一般的想法，妳往別的方向逃會比較好，也不會被調頭回來的我發現。」

「哎呀討厭，我這麼做的理由，奇諾妳早就察覺到了吧？」

「…………妳想從背後偷襲我，將『長笛』以及我所持有的子彈拿到手。」

「正確答案！哎，我有點貪心過頭了，那麼做的結果就是這樣嘍。妳接受了嗎？」

「是的，真是謝謝妳。」

「這道謝很怪哦。不過也好，妳客氣了。那麼，之後就隨便妳怎麼處置嘍。」

「…………」

奇諾站起身來。

在手錶長針繞一圈的時間裡，她一直站著俯視曼達。

「差不多要變寒冷了哦？」

曼達說了這句話之後，奇諾吐了一口長長的白氣，然後從自己腳邊的背包裡，取出了冰冷的手銬。

她把那手銬丟到曼達的腳邊：

「妳知道戴上它的方法——」

「喂！沒事吧！」

在沙啞嗓音的阻止下，她沒能把話說到最後。

「咦？」

「哦？」

「狙擊犯所在之國」
—Trigger Control—

兩人抬頭望向聲音傳來的地方，看到那聲音的主人。

在山丘上面，積雪陡坡的頂端，一個男子以蒼白天空為背景站在那裡。

腳上穿著雪靴，身穿警察制服的鬍子刑警說：

「兩個人都沒事吧！太好了！」

「呃，為什麼你會來這邊？」

奇諾大聲問道。

「署長被槍擊了……所有人都坐卡車逃了！可是，總覺得我就是不想拋棄現場逃跑啊！現在就過去！」

刑警如此說完，便開始以像是用雪靴滑下來的姿態下斜坡。

「你還是用跑的到這裡來嗎……？」

奇諾以驚愕的表情發問。

刑警臉上都是汗水，在寒冷的空氣中形成了蒸氣。

「這個嘛，我只有對體力有點自信。話說回來了奇諾，那個說服者！是犯人的東西嗎！」

「是的，算是吧……」

「那傢伙呢？」

「呃……」

曼達趁奇諾欲言又止的時候在後方大叫起來：

「在她救我的時候，犯人就逃走了！拜託，我冷到受不了了！快來做點什麼吧！」

「喔！知道了！」

「咦咦……？」

曼達一面看著抵達谷底、並拚命走近過來的刑警，一面低聲說：

「好啦，妳會讓我這個人質獲救吧。奇諾跟我所說的話，妳覺得警察會信哪一邊？剛才我所說的事情，可是連一個決定性的證據都沒有哦？」

「…………」

「如果我是奇諾的話，會在事情變得很麻煩以前，照預定行程明天出境哦。」

「狙擊犯所在之國」
—Trigger Control—

隔天。

也是入境之後第三天的大清早。

「好的，已經確實確認過了。妳帶進來的東西，全都要帶出去了。感謝妳的協助。」

奇諾與漢密斯，在西邊的城門。

奇諾穿著跟入境時相同的防寒服，漢密斯也載著跟入境時一樣的行李。

「啊～好重。」

而車體的後方，則用繩子拖著小型雪橇；雪橇上頭緊緊綁著木箱。

在那只木箱裡，裝的是這個國家的民俗工藝品，是一看即知可以在他國高價賣出的物品。

「那麼請多小心。如果妳對我國很中意的話，請一定要再來玩。我國的夏天也很美麗喔。」

在聽了入境審查官說完這樣的話語之後，奇諾與漢密斯開始行駛。

他們拖著雪橇穿過城門，來到國境之外。

雪從灰色的天空不間斷飄落，看不見太陽的世界沉重陰暗。

漢密斯在行進時，將昨天就開始累積、今天也正在累積當中的新雪吹上天空，同時將位於下層已經凍結的雪不斷刨除。

為了不把紅柱看漏，他們慎重地沿著柱子、拉著後方的雪橇前進。

在城門逐漸於背後愈縮愈小的時候，漢密斯說話了：

「這下子終於可以說話了！奇諾，妳還沒接受對吧？」

「當然是還沒接受啊。」

用防風眼鏡跟紗巾還有帽子以及防寒服所附的連帽遮臉的奇諾立刻回答。

「只不過，就跟醫師說的一樣，如果我沒有沉默退場，今天就沒辦法像這樣出境了吧。」

「對吧。在這之後，警察要怎～麼辦呢？他們有說什麼嗎？」

「雖然署長被殺還讓『犯人』逃走，不過因為找到了關鍵的『凶器』——在調查出入境紀錄以後，他們知道它是在三年前由旅行者帶進來的，也知道了那個旅行者假裝帶出境而將它留下的事。總之警察是暫且接受了，他們說只要沒有那凶器，犯人就沒辦法再次害人，之後就只剩下去搜索把對方找出來而已。現在這時候，他們應該正在訊問曼達醫師進行調查吧，像是會問：『犯人長什麼樣子呢？』之類的。」

「妳覺得這一切終究會敗露嗎？」

「狙擊犯所在之國」
—Trigger Control—

「不……可能還是會跟到現在為止一樣，維持沒有人去懷疑的狀態吧……醫師應該會裝作不知情堅持表示：『我沒有看到犯人的臉』。雖然我認為如果慎重地去追蹤滑雪痕跡，或許會有人對沒有其他由犯人所留的痕跡這件事懷有疑問，不過滑雪痕跡也都被這場雪消除了啊。」

「原來如此。不過，醫師也已經沒有方便的武器了，要把最後還活著的目標，也就是那個白痴富二代殺掉就不可能了吧？」

「大概吧……大概……」

「妳話講得很不清楚。」

「如果是那個人的話，我覺得她有可能會幹到底也說不定。她連死都不怕了，如果是那個人的話……」

「嗯～她要怎麼做呢？當然人家是受到重重警戒，還會有警衛守護對吧？要拿著武器去靠近這樣的人，根本不可能吧？」

「雖然這麼說是沒錯，可是我連那個白痴富二代是誰，現在在哪裡做什麼都不知道。不過，如果是那個人……一定會用某種方法……」

奇諾搖了搖頭，繼續說：

「算了，再想下去也是於事無補。」

「這樣啊～那麼，這個話題就結束嘍。接下來，我們只要去想著快點把後面那堆又重又麻煩的行李賣個好價錢吧！如果能夠像那支步槍一樣高價賣出去的話就好了！」

「如果買的人不會用來做壞事就好了……」

「算啦算啦，這不是賣家要煩惱的事喔，奇諾。」

奇諾與漢密斯，在雪原中行駛。

「狙擊犯所在之國」
—Trigger Control—

在騎摩托車的旅行者出境之後隔天的十一時。

『現在是藝能廣播電臺的特別節目時間！各位熱愛電影的聽眾朋友午安！今天我們要現場轉播預定將在大熱門電影當中華麗出道的新秀演員發表會實況！』

廣播在主持人輕盈的聲調中開始了。

主持人先是快速介紹了這名年輕英俊的男子順利擔綱重要角色的事蹟，隨後就切換到記者會場上的話聲。

電影的導演與製作人依序拿起麥克風，各自述說起用他的理由並誇獎稱讚。

最後麥克風是遞交給年輕男演員，他則以非常明亮的聲音侃侃而談。

他對自己的幸運感到喜悅，對大力拔擢自己的所有人表達感謝，立誓要全力發揮演技，並且述說將來的夢想：

『我的夢想，就是成為一個不管上了任何年紀都可以活躍的演員。我希望能讓各位國民驕傲地說：「他就是我國的人」！敬請各位期待！同時也請用嚴格的眼光給我評價！』

會場上沸騰起來的鼓掌聲透過收音機播放出來，主持人進行實況說明：

『聚集眾人目光的他，從台上走向觀眾席打招呼了！竟然對影迷有如此美妙的服務！真正達到了「期待的新人、就是在這裡」的境界！在會場上，年輕女孩們的熱情視線，一齊傾注在他的身上！他已經有非常驚人的支持度了！雖然大家都想跟他握手，不過都被貼身保鑣擋住無法靠近，畢竟演員的身體寶貴啊。哎呀，連撐著拐杖的美女都用溫柔的視線望向他，彷彿就像想用拐杖跟他握手一般的把拐杖伸向前方——』

一道將主持人的聲音完全蓋過、足以毀壞喇叭的槍聲，響徹全國。

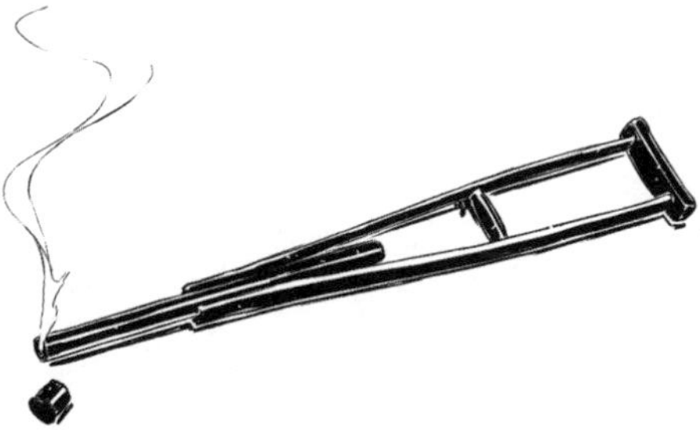

第七話
「有始有終之國」
—Starting Over—

第七話「有始有終之國」

—Starting Over—

這是在春天尾聲，某個陽光和煦的晴朗日子裡發生的事。

奇諾與漢密斯探訪了一個國家。

「沒有……任何人在。」

「沒有任何人在呢，奇諾。」

沒有任何人在。

氣派的城門大大敞開，進到裡頭的奇諾與漢密斯所看到的，是靜止的光景。

在原本是農地的廣大土地上雜草叢生，一間間石砌住家杳無人跡，就連家畜或野生動物也都沒有。雖然他們行駛到國家中央也看到了許多大型建築並列在那裡，但不論是活著的人還是死掉的人，都沒有發現到任何一個。

奇諾靜靜地自言自語：

「又來了。」

「明明應該是有名的觀光國家才對吧？真的要來看，才會知道這是旅行者人生中所遇到的第幾次鬼城——不對是鬼國吧？」

「會是第幾次呢？畢竟我也沒有去算啊。」

「ＯＫ，奇諾，正確來說呢——」

「不用說了，謝謝。」

奇諾於沒有任何人在的大道十字路口中央悠閒的倒了杯茶，自在地開始喝起來。

而在奇諾喝完之後。

「好想睡啊。」

「那就睡啊？」

「睡吧。」

她在行道樹的樹枝之間搭了吊床，大衣還穿著就直接躺上去，把帽子擱在自己額頭上：

「有始有終之國」
—Starting Over—

「有誰來的話，叫我起來。」

「了解～」

開始睡午覺。

「奇諾，起來了！有人喔！」

「！」

從吊床上滑落下來的奇諾，順勢一個轉身低伏在地面上。

「什麼？」

然後她看到了。

在自己剛才睡的地方，或者也可以說是漢密斯以主腳架立妥的地點旁邊，停了一輛汽車。一名中年男子就在那輛汽車旁邊，正把木箱堆進車子裡。

「啊？我把妳吵醒了嗎？」

男子不好意思地說。

「不是喔，是我吵醒的。」

漢密斯以一如往常的語氣回應。

「……漢密斯……你應該有什麼事情要說明吧？」

保持低伏姿勢的奇諾，輕輕瞪著漢密斯說。

「所以啦，就有人了。我就把奇諾叫起來了。」

「都到這麼近的地方來了，漢密斯你不至於會察覺不到吧？」

「是不至於啊。可是呢，妳知道的，因為奇諾睡得很香甜嘛，熟睡到醒不過來的程度。」

「呃，我不是要講這個。」

「可是，那個人為什麼會來，妳也想知道理由對吧？」

「是沒錯，但我不是要講這個。」

男子看著持續爭論中的奇諾與漢密斯。

「啊啊，我只是為了要來拿忘在這裡的東西而已啦。」

他笑著如此說。

「…………」

奇諾慢慢從地面上起身站立，向男子搭話。首先她告訴對方自己是旅行者，對於擅自入境這件事表達歉意。

「別在意，因為這裡是已經終結的國家了。」

然後。

「您應該知道理由吧？」

她如此詢問。

「當然，畢竟我原本也是這個國家的居民啊。半年前，這個國家就已經終結了。完成任務的居民們，也就不在這裡了。」

「是這樣的啊……也就是說你曾經是居民嘍。」

「是啊。我是在當地土生土長的人，想不到會在自己的有生之年裡見證到這個國家的臨終啊。」

「是這樣的啊……這還真是辛苦啊。」

奇諾頗有感觸地說。

「啊？沒喔，完全不會。」

男子則露出笑容聳了聳肩。

「什麼？」

「雖然國家消失了但人並沒有消失。這個國家的人們在新的地方建立了國家，所有人還是一如既往地努力著喔。那裡又將會以觀光為立國基礎日益興盛的。」

「啊，是這樣的啊……抱歉。」

「奇諾，太快下結論不好喔。」

男子看著以怨恨神情瞥了漢密斯一眼的奇諾。

「重要的不是地方，而是人。只要還有人，就還有許許多多可以做的事；而且我們是知道要如何做的。就算失敗，也是一種經驗。」

他笑著如此說。

「話說回來，大叔你是忘了什麼東西呢？會讓你特別過來拿，應該是相當重要的東西吧？」

「是啊——是以前探訪這個國家的旅行者所留下來的感想紀錄，也是在經營下一個國家的時候最重要的東西。為～什麼會忘在這裡呢……？」

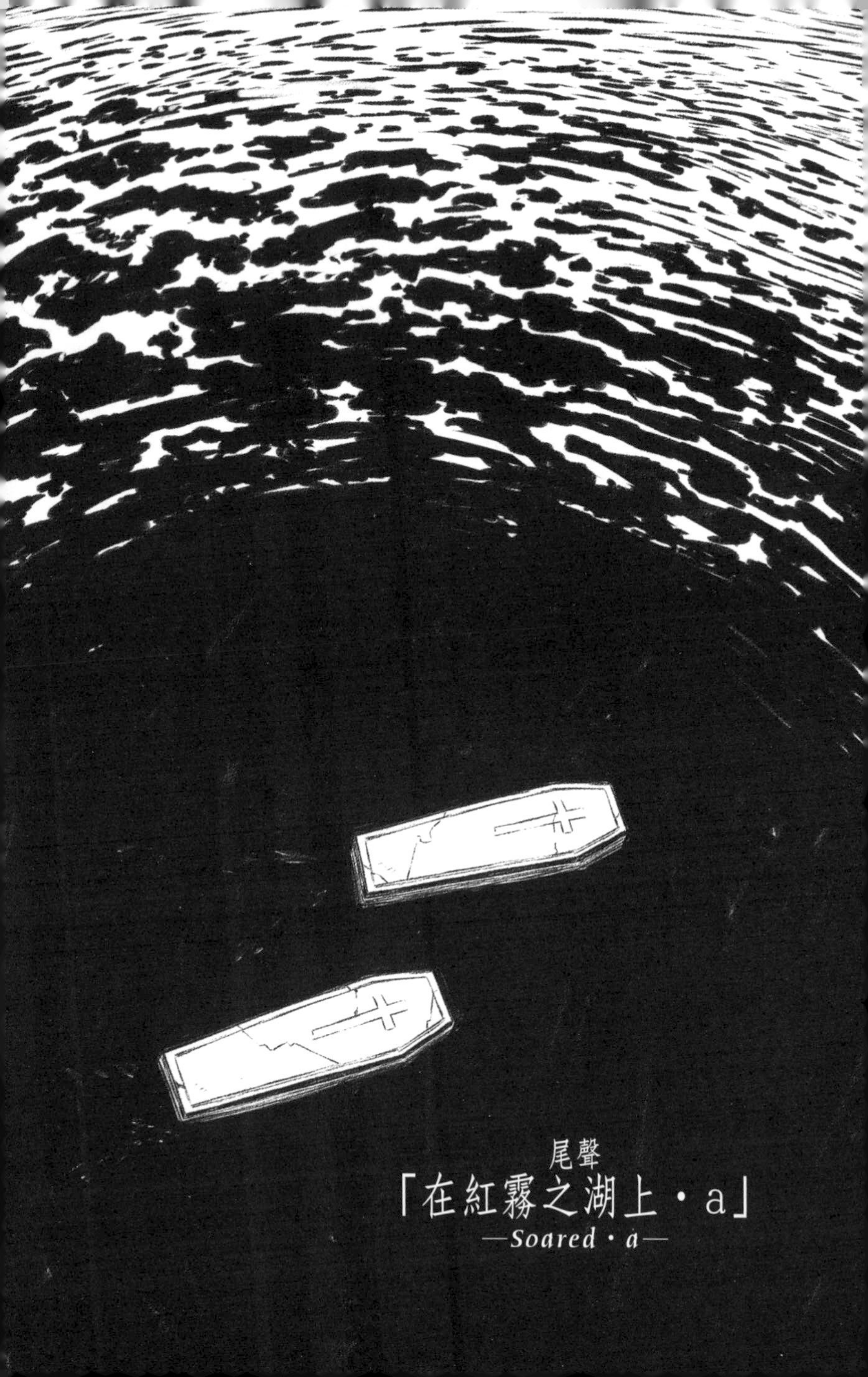

尾聲
「在紅霧之湖上・a」
—*Soared・a*—

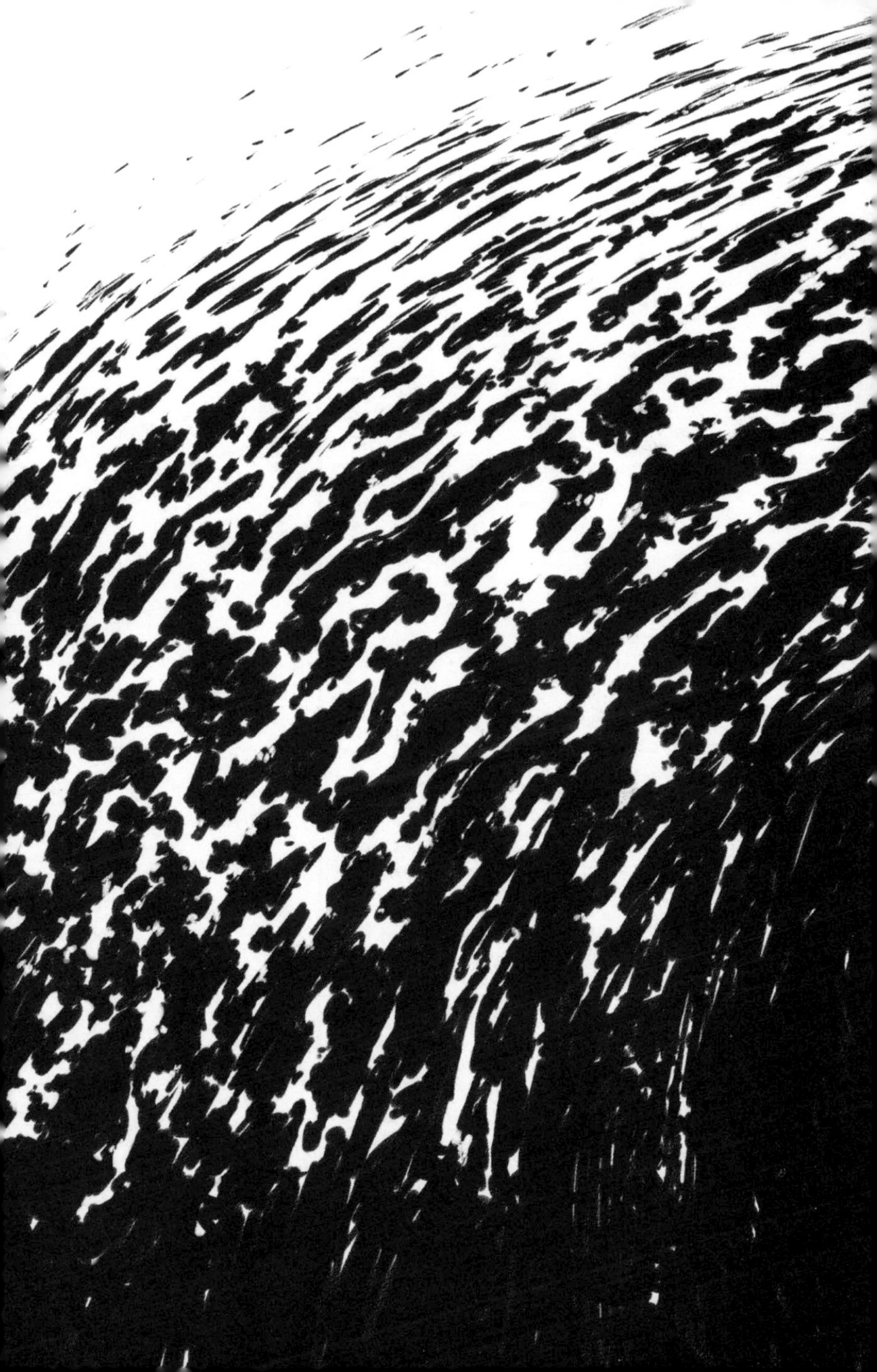

尾聲「在紅霧之湖上・a」

—Soared・a—

「就是那個吧，師父，可以看得到嘍。」

男旅行者在一輛黃黃破破，看起來隨時都會拋錨，但還沒有報廢的車子駕駛座上這麼說。

這名握著方向盤，個子較矮但長相俊俏的男子──

「啊，睡著了嗎……」

一面看著睡在左邊副駕駛座上的女子，一面自言自語。

車子持續行駛著。這裡是湖邊道路，彷彿宣示這裡是在國內一般，路旁矗立了電線桿，也拉了電線；連注意動物出沒的看板跟速限標誌都有。

在道路右邊，有一片低矮的森林。初秋森林中的樹葉還沒開始染紅，依然保有深濃的綠色。

左邊是一片湖。路旁緊挨著湖水邊緣，再過去就是宛如鏡子一般的湖面，向外開展到水平線。

那是一座非常非常大的湖。

在道路盡頭，差不多距離這裡三公里的地方，可以看到一艘船。

全長大概有一百公尺以上吧，是一艘大大的客船。以白為基調的船體顏色，清楚映照在早晨的藍色天空與青色湖面當中。

在那裡有一座港口，船就停泊在水泥製的大型棧橋旁邊。那裡周圍的森林被開闢出一大塊土地，建了許多倉庫，也蓋了旅館，甚至連城鎮都有。

即使從遠遠的地方望過去，也可以知道港口周邊非常熱鬧。

好幾台大大的卡車往來於船與港口之間，正搬運著行李。船將位於船首的開口大大敞開，就這麼將卡車吞入其中。

「原來如此，那就是之前人家講給我聽的『汽車渡輪』啊。車子可以這麼直接開進裡頭，確實是滿方便的啊……用起重機把車子吊到船上，不知道會不會一個失誤就掉下去，滿可怕的。」

男子一面繼續自言自語，一面沿著湖岸道路向前行駛。港口也變得相當大了。

「好啦，到底會不會是可以去搭的東西呢……」

「事到如今你說什麼呢。」

「哎呀，我把妳吵醒啦。」

副駕駛座上被稱呼為師父的女旅行者，睜開眼睛醒來了。

「你都碎碎唸成那樣了。」

「這就不好意思了。因為自言自語，算是我的老毛病——怎麼說呢，如果妳想成是我主動去對不存在於這邊的人講話，就不會覺得不自然了吧？比方說，像幽靈之類的。」

「下回你再說這種話，我會開槍喔？」

「我不說，好好，我不說。」

男子讓自己的表情正經起來，因為他很清楚這名女子會真的開槍。接著他問道：

「那麼，我們可以去搭吧？」

「我們就是為此而來的吧？」

「可是，很危險的喔？妳還記得之前聽到的事吧？」

「是『紅霧的事』吧？當然。」

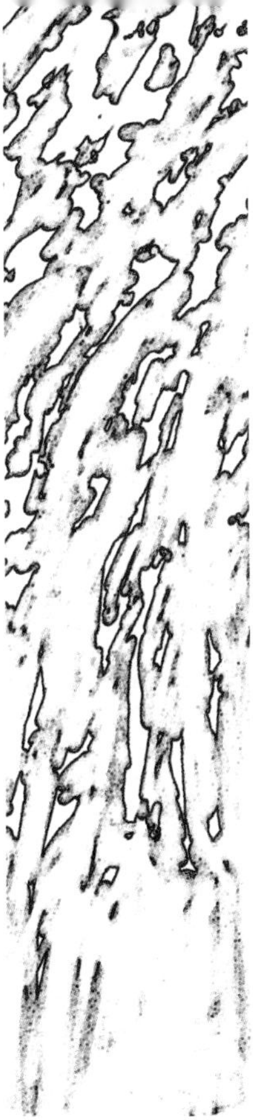

「在紅霧之湖上・a」
—Soared・a—

將時間稍微回溯，這是在昨天發生的事。

身為旅行者的男子與女子在這個國家東邊的城門，他們正在接受入境審查中。

「旅行者你們是要往西邊走吧？也就是說呢～你們是為了渡湖而來的？入境的目的就是這個嗎？」

這位雖然連敬語都不使用，但態度上也不會很沒禮貌的中年男性入境審查官這麼一問——

「什麼？」

「啥啊？」

讓兩人都歪著頭表達不解。

「什麼啊你們不知道嗎？真叫人驚訝！」

男子對不斷眨眼的入境審查官問道：

「因為我們是漫無目標的旅人，也只是在閒晃的路上過來探訪這個國家而已。那麼，你所說的湖是？」

入境審查官以很想說的表情，跟很想說的語氣回答道：

「在這個國家的西邊，有一片大大的湖。我們沒有特別取名，就只是單純地叫它為『湖』。那是一片非常大、簡直就像海一樣的湖。而在那片湖的對面，也有一個國家。我們跟那個國家之間，有船定期航行。」

「原來如此，你的意思是搭那艘船就可以去對面的國家。」

「沒錯，就是所謂的湖上之路。早上出發，抵達的時候是後天傍晚，渡湖差不多要花三天的時間。因為可以一口氣而且很輕鬆地進行長距離行動，所以很方便喔。」

「車子在那種情況下要怎麼辦？是要當作行李堆在船上嗎？」

「不用。因為是渡輪所以直接開進去就好。」

「你說的『渡輪』是？」

在聽完入境審查官對汽車渡輪的說明之後，男子轉頭望向女子，說：

「好像很有趣吧？師父。」

「不過，也是有危險的喔？」

入境審查官搶在女子前面開口說話：

「這件事必須要事先好好說明才行。在湖的中央附近，一直瀰漫著紅色的霧。雖然好像是某種物質從湖底浮出來之後，就這麼形成了紅霧的樣子，可是誰也不知道詳細的情況。而且，船不論如何都必須要通過那個區域。」

「這樣啊。不過嘛，如果只是霧，只要謹慎航行就——」

「慢著慢著，我現在才正要開始說。那團紅霧有非常強烈的毒性，如果大人在有濃霧的地方吸到它，一個弄不好就會突然死翹翹了喔。」

「唔呃？」

「因為船上裝了不讓外界空氣進入船內的空調設備，只要在穿過霧區的時候讓它運作，大致上是不會有事。」

「那真是太好了。」

「只不過，如果那個裝置故障了呢？如果是船本身故障，開始漂流了呢？雖然船上也有防毒面具，但那種東西就跟救生衣一樣只能維持一陣子，我們有必要在乘船時考慮到最壞的狀況。畢竟乘客可是被要求用書面簡單聲明『我在這趟航程途中就算被霧毒死也不會有怨言』的啊。」

「哎呀我的天，就算這樣，航運業務還是在繼續運作吧。」

「因為即使有風險，還是壓倒性地方便啊。如果走陸路繞過湖，會花費好幾倍的時間跟金錢；作為必要物資的運輸通路，航運有非常高的重要性。如果沒有那條航線，兩國就不會有發展可言，而且今後也不可能不繼續發展；即使已經有好幾個可憐的乘客被毒死也一樣。」

「原來如此，真是不得了啊。」

原本一直默默聽著的女旅行者，這時候開口了：

「剛才你提到『大人』的意思是？」

入境審查官露出不懷好意的笑容：

「妳很敏銳嘛，大姊。」

又說：

「就是我所說的意思啊。雖然現在也還不清楚為什麼，不過十五歲以下的孩子即使吸了紅霧，也很難轉成重症。所以——」

「原來如此，所以船員都是小孩子們啊。」

兩名旅行者正在港口。

他們把車子停在港口的寬廣停車場，抬頭仰望船。

好幾輛滿滿裝載著貨物的卡車，進去了像巨大鯨魚一樣張開大口的船當中。

位於船上高處的甲板那邊，可以看得到船員忙於清掃的身影，也可以看見他們刷油漆修繕的模樣。

不管是引導車輛還是甲板作業，所有執行者都是孩子，每個人都穿著灰色的連身工作服。有男孩子，也有女孩子。

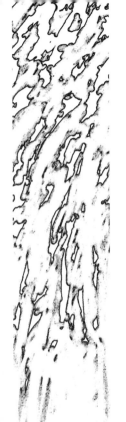

從外表看起來最年輕是十歲起跳，最年長是十五六歲——如果依照入境審查官所說的，應該是十五歲以下吧。

「我們起用了孩子們擔任船員。在航海途中，不管怎麼說就是有必要在外面作業，像是監視啦、外部修繕啦，特別是修理空調異常的時候更要這樣。那條航線，可是靠兩國的孩子們撐起來的啊。你問我孩子們就算會吸霧也要在船上工作的理由？這種事當然就一個答案啊。」

「果然還是為了錢吧？」

「是的。在那艘船上工作的孩子們，只要做到十五歲退下來就可以拿到一大筆錢，是足以讓他們上大學的金額啊。而且為了不讓壞心的大人把錢搶走，還是由國家來管理他們的戶頭。想當船員的孩子們，實在是很多啊。」

「原來如此。可是，就算你說『也很難轉成重症』，還是會有把身體搞壞，最嚴重就是會死翹翹的事情發生吧？」

「這個嘛，多多少少是會有啦。這種情況就要看運氣了，就跟軍人和警官或者是消防隊員的殉職者一樣，都是一種『無可避免的犧牲』啊。而且一個人死了，就會空出一個位子，照計畫就是在下一次航海的時候，由某個幸運的新人遞補上來工作了。」

「不管在哪一個國家，小孩子都是為了要活下去而拚死努力嗎……要加油啊。」

女子看著低聲自語的男子，以略顯傻眼的表情主動發話說道：

「你又在自言自語了嗎？差不多要準備搭船了哦。」

「啊，好的好的。」

孩子船員們似乎完成了卡車的裝載作業，開始接著引導卡車以外的車輛，並朝這邊大大揮舞著旗幟。

旅行者們一坐進小小的黃色車子裡，就發動引擎向前行駛，開進大大的隧道中。

「裡頭看起來還滿舒適的嘛。」

兩名旅行者分別抵達了自己的艙房。

他們在寬廣的車輛甲板下車，只拿著必要的行李，沿著狹窄的階梯往上走到底，就到了艙房的樓層。

雖說理所當然，但他們在船內接受了嚴格的攜帶物品檢查，像說服者之類的東西都必須留在車內；不用說，回到車上的行為也是被禁止的。

這艘船的客艙等級有特等、一等、二等、三等，而兩人各自拿在手上的都是一等艙房的船票。

這是一間以固定床來看是住單人，或者說把預備床攤開來就可以住兩個人的套房，空間比旅館的單人房要小。

淋浴間跟廁所都擠在一公尺見方的空間裡面，非常狹小。雖然到處都有一些細微的地方生了鏽，不過因為是在船裡，而且單憑房間裡有衛浴這點，也就只能想成是比其他地方還要好了。

即使這樣，這裡是從上面起算比較先數到的艙等，價錢也是有那樣的等級。

不過，兩人動用了將以前透過不太方便跟他人說的方法所得到的寶石賣掉之後換來的資金，結果還有零錢可以找。

男子開始嚴格檢查自己房間的每一個角落。

他並不是因為喜歡船才這麼做，他也不是想對清掃工作不確實提出指正的惡婆婆。

這是他總是假設自己在房間裡悠閒度過時會遭到暗殺、或者會有綁匪闖入之後的習慣動作。像是有沒有可以讓毒針吹進來的小洞、或是有沒有裝設竊聽器或監視攝影機之類；還有就是自己一路做到今天的事情會不會做不來了。

看來似乎是沒有問題。

雖然是在這段作業的過程當中才知道的，不過面向船舷的圓形窗戶完全無法開啟，而且窗戶跟鐵板之間的空隙也做了填補處理，連一點縫都沒有。應該是對付那團霧的策略吧。

在固定於房間裡的床下，事先備妥了遇難時的救生衣，以及乘客專用的防毒面具。

雖然還誠懇細心的寫上了防毒面具的使用方法，不過也同時出現了像「因為面對紅霧沒辦法保持這麼久的功效所以請勿過度期待，與其一點一點痛苦到死，不如乾脆拿下來立即去死也許還比較輕鬆」這樣的恐怖警語。

男子在結束檢查之後。

「好啦，就到處散步去吧。」

就利用出港以前的時間，在船內四處閒逛。

雖然特等艙房的門緊閉著沒辦法窺視，但從船內地圖看來應該是附有陽臺的套房，價格也是貴到讓人傻眼的程度就是了。

他一眼瞥過的二等艙房是有二套上下鋪的四人房，三等艙房則是十六人房。當然裡頭沒有廁所或洗臉台，連窗戶也沒有。

設有客艙的甲板有二層，上層是特等與一等艙房，下層是二等跟三等艙房，另外還有休息室和餐廳。

在船上旅行時，餐廳是不可或缺的。

「如果可以吃到好吃的東西就好了。」

男子一面喃喃自語，一面用眼角餘光看著正在準備盤子的孩子們與自己擦身而過。在船內工作的孩子們，身上穿的並不是連身工作服，而是像學校制服的襯衫和長褲。

位於船首附近的操舵室雖然禁止進入，不過可以看得到出入人員們的身影。船長以下的幾名船員果然還是大人。這些穿著正式船員制服的大人，分散配置在操舵室與輪機室等各單位擔任主管，眾多孩子們則是他們的部下。

沒過多久時候，船內廣播就播出了小孩子的聲音。

這艘船將會準時在十點出港，明天從早到晚將會在紅霧瀰漫的區域中航行，屆時要注意的事項之類的，陳述了很多事情。

特別是像「乘客如果在濃霧場所打開房門擅自外出、最嚴重會遭到射殺」這般，實在很難想像會出現在船舶介紹的訊息，就這麼公開播放著。

「才不會出去喲。就算你拜託我，也不會出去喲。」

男子一面在自言自語中加入節奏一面回到房間，結果馬上有人來敲房門，讓金屬門傳出沉悶的聲響。
「來了來了～」
以為是女旅行者到來的男子開了門，但那裡沒有任何人在。
不對，有人在。他將視線從水平向下移去，一名嬌小的女孩船員就在那裡。
「旅客你好……我負責這個區域，拿熱水過來了。」
說出這句話的，是身穿船內制服的小女孩。
褐色皮膚棕色短髮的她，年齡應該在十～十二歲之間吧？臉上還留有強烈的稚嫩感。而且她的表情非常僵硬，連可愛的「可」字都談不上。
她用雙手遞到面前來的東西，是又大又重、簡直就像是砲彈一樣的保溫瓶；似乎是為了讓客人可以喝茶而提供熱水服務的樣子。在房間裡頭備有茶杯跟茶葉。
「謝謝，辛苦啦，看起來還滿重的，妳好厲害。」
男子微笑著接下了保溫瓶：

「哎唷！」

實際上真的相當重，重到就算大人也需要用雙手才拿得動的程度。

「因為這是工作……如果還有需要，什麼時候都沒關係，請叫我，我會馬上過來。」

小女孩手指的東西，是位於門旁邊的小小開關。雖然沒有任何特別標示，但應該是用來叫服務生的呼叫鈴。

「知道啦。航行期間請多指教嘍。」

男子露出笑容，目送小女孩沿著通道步行離開，同時還推著裝載大量保溫瓶的大推車。

推著那些看起來非常重的東西走在船的長長通道上，是相當重度的勞力工作。

「這種事，明明可以讓大人去做啊。」

男子喃喃自語，不過他沒有出手幫助。因為他不能去跟小女孩搶工作。

宣告出航的汽笛聲，高亢地響了起來。

十點整。

船在慢慢駛離港口之後開始加速，一路向西前進。

沒多久就完全看不見陸地了，船以相當快的速度在鏡子一般的湖面上掀起波浪前進。

客艙裡傳來了由柴油引擎所發出來的小小震動與低音，而且還加上些微的搖晃。不過完全不用擔心會暈船之類的狀況，似乎會是一趟非常平穩的航程。

男子為了不讓自己受涼穿上了外套，試著走到甲板去觀看。在船的後方，有一處廣大的甲板。往船尾方向望去，可以看到被船切成兩半的湖面。在鏡子一般的水面上，螺旋槳拍打出來的白色水花筆直延伸，由船首所掀起的水波則分別自那道水花左右兩邊向外擴展。

雖然吹進來的風稍微有些寒意，不過暖呼呼的太陽則給予船跟空氣以及男子溫暖。

「不錯耶……想不到這樣的我也會悠哉悠哉地搭船啊……」

男子在甲板的長椅上坐下，眺望著藍天。在女旅行者於午餐時間過來找他以前，他一直就這麼坐著。

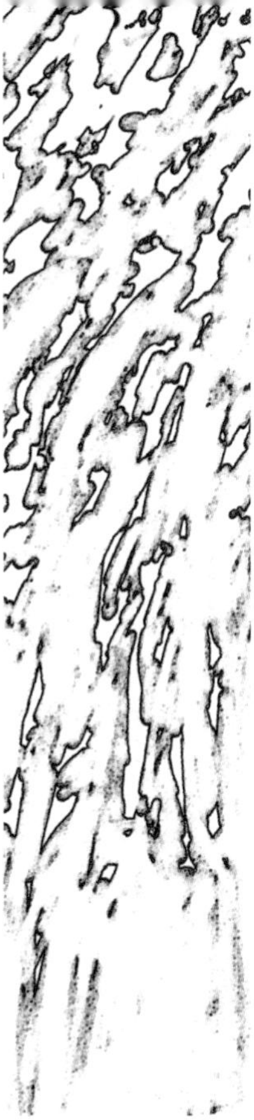

雖然乘客是在餐廳用餐，不過不論是可以吃飯的時間或者是餐點都是一開始就已經決定好的，沒辦法在自己喜歡的時間來，也不能隨自己高興點東西。

在船內的時鐘顯示為十二點的時候，所有的乘客都坐在桌邊了。

數十名乘客當中，絕大多數都是因為工作在兩國之間往來的商人。

其餘就是旅客，在這趟航程有六名。這些外地人一同熱絡地在最角落的桌子那裡坐著。

在簡單的自我介紹之後，兩人也多少知道了其他四人的事。

一對四十多歲的男女是夫婦，也是船剛離開的那個國家的居民。他們說因為很喜歡接下來船要航向的國家，所以每次休假都會去探訪，連這艘船也搭乘了好幾次。順帶一提，他們住特等艙房。

二十多歲的年輕男子則剛好相反，是接下來船要航向的那個國家出身的富裕學生。因為在鄰國留學的關係，現在就是回老家途中。

最後那位最年長、年約七十多歲、臉上的圓框眼鏡跟下巴的長長鬍子都很好看的老爺爺，是出身於遠方其他國家的人。他說為了體驗人生最後的樂趣，把包含房子在內的一切變賣之後得到了一輛豪華的露營車，開著它獨自一人悠閒環遊這個世界，甚至做了死在旅途中也無所謂的覺悟。

擔任服務生的孩子們，將放在手推車上的餐點端了上來。有麵包、湯、沙拉還有肉，雖然菜色簡單但很好吃。

旅客們一面吃這些餐點，一面熱烈的對話。

女子跟男子理所當然地詢問有關紅霧的事，他們請教的對象是已經搭船過好多次的三名旅客。

那對夫婦在回答「船是足以信任的」之後，又繼續說：

「沒問題啦！我們都直接衝過好幾次了，到目前為止一次也沒死過啊！」

年輕男子則說，自己果然還是有點害怕，所以為了謹慎起見並沒有留在有窗的一等艙房，而是待在船中央附近的三等艙房長椅上。接著他又這麼說：

「我是這麼想啦，其實我的家境富裕是件好事……如果命運稍微不一樣，或許我的孩提時代就會在船上度過也說不定，而我也有可能……早就運氣不好死掉了。」

最後，老爺爺這麼說：

「我對紅霧真的很有興趣！哎呀怎麼講，我差不多就是為了那玩意兒才來搭船的！可以讓我隨便用一用防毒面具嗎？」

竟然有這麼喜歡沒事找事做的人啊。

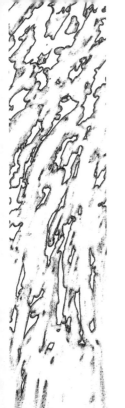

所有人以同樣的心情，看著圓框眼鏡深處那閃亮的眼瞳。

在午餐吃飽喝足之後，接下來也沒有事要做，就是閒。

旅客們回到各自的房間，享受著以午覺為名的休閒時光。

然後，當窗外染上橙色時，他們又在晚餐中碰面。因為船內禁酒的關係他們熱烈的情況還算適中，而這一餐也到了尾聲。

「要做的只有一件事。」

男子一回到自己房間躺平，便早早睡了。

隔天。

男旅行者在黎明時分醒來。

其實他並沒有要早起的意思，是因為忘了拉上窗簾就睡的關係，所以來自窗外的亮光就變刺眼了。

「好了……霧呢？」

男子戰戰兢兢的向外面看，跟昨天比起來並沒有特別不一樣。鏡子一般的湖面，在晨光下不斷流動；紅霧瀰漫的區域，還在有一段距離的前方。

因為距離早餐還有一大段時間，男子想要喝茶，手伸向呼叫鈴——

「…………」

又重新考慮了一下，停止動作。

他決定靠自己的腳去拿熱水，先看過船內地圖，再尋找茶水間的位置。

看樣子似乎是在餐廳隔壁，於是他往那邊走去。

他在抵達之後發現門是開著的，於是朝裡頭窺視，看到擔任服務生的孩子們一大早就開始工作。他們正忙著將熱水換裝到大量的保溫瓶中。

從相連於巨大鍋爐的水龍頭底下汲取大量湧出的熱水，看起來是相當危險的作業。

「這也是工作啊……」

但是男子並沒有出手介入。

然而，他將疑念說了出口：

「喂你們，負責我房間的小妹妹呢？」

昨天看到的那個褐色皮膚棕色頭髮的小女孩不在這裡。雖然他以為她是不是今天休假，不過應該不會有這種事吧。

「如果是卡秋雅的話——」

他知道名字了。

回答他的那個男孩子，以真正沒什麼大不了的神情，用簡直就像是回答今日天氣一般的語調，流暢地答道：

「她的身體不會動、也起不來了喔。看她那樣，應該是已經不行了吧？」

急促的敲門聲讓女旅行者離開了床。

「怎麼了……」

原本穿著襯衫與長褲入睡的女子，為了防止遭到槍擊，以一如往常的習慣動作緊挨在門邊站立而非站在門前，然後才開口說：

「這麼早，是哪一位呢？」

「是我啦師父！總之請開門吧快點！」

「真是的……」

女旅行者將鎖解除把門打開，她的男性旅伴則用雙手抱著小女孩站在那裡。

「什麼？」

雖然這舉動果然超出女子意料，不過她理解了男子想做的事，將門前的空間讓了出來。男子一進到房間內，就讓小女孩躺在還有餘溫的床上，迅速把毛毯蓋上去。

將門關閉並上了鎖的女旅行者來到床邊站立，俯視著臉色不論怎麼看就是很差，呼吸則有氣無力的小女孩。從剛才開始，小女孩一直痛苦地緊緊閉著雙眼。

「是紅霧的毒嗎？」

「很像是。」

男子繼續回答：

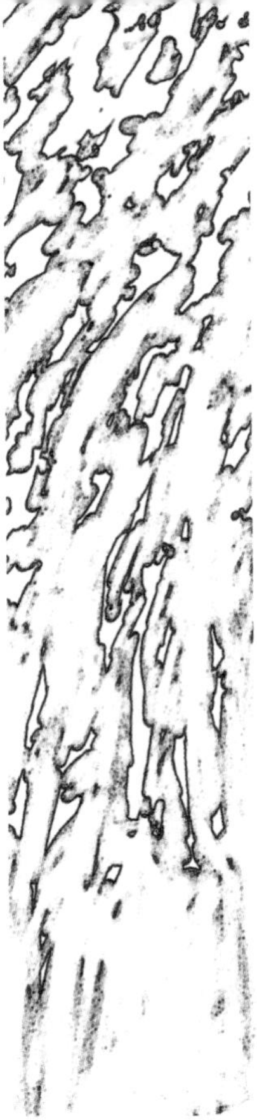

「照孩子們的說法，就算不會立即發作也會不斷累積，身體會因此突然不能動，然後就要看運氣了……」

「原來如此。不過你也很喜歡沒事找事做啊。」

面對以陰沉的視線看著自己的女子，男子聳了聳肩回答道：

「因為這孩子是我房間的服務生啊，如果讓她死掉，我就拿不到熱水了。」

「就先當作是這樣吧——不過，我們沒有任何可以做的事哦？」

「真是謝謝妳。不過，總比在那間童工寢室裡頭被大人臭罵好吧。我對其他孩子們說，就當作是『因為客人的命令』才放她到這裡來的。」

「真是的。」

女子嘆了口氣。就在這個時候。

一陣高亢的警報聲突然響遍船內，是應該可以讓所有睡著的人都醒過來的超大聲響。

「應該不是晨間喚醒服務吧？」

男子明知故問。

船內廣播宣告馬上就要進入紅霧瀰漫的水域，接著又澈底誦讀了一次注意事項。

男子將臉頰緊緊貼上了窗，盡可能朝行進方向探望：

「是那個嗎……」

宛如血一般的紅色空氣在水平線上開展，從湖面到上空，將整個世界覆蓋。

廣播繼續宣告，預定十一點與僚船會合。

「『與僚船會合』？」

男子歪著頭表達不解。

「誰知道。」

女子也表現出「不知道的事情就是不知道」的神態。

「是另外一艘、船……」

以微弱的聲音回答的人，是名叫卡秋雅的小女孩。

小女孩微微睜開眼睛看著男子，不過不知道她看不看得見就是了。

「哎呀妳醒來啦？感覺怎麼樣呢？等到妳好一點再說，慢慢來不用急喔。」

雖然男子露出笑容如此說，卡秋雅還是選擇了回答問題：

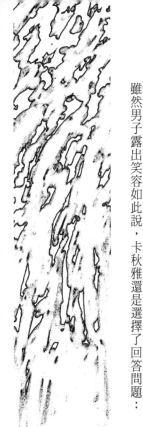

「從對面之國開出來的船……一定、會在途中、跟我們會合……因為霧很濃，所以對方的船會用電波確認位置、在我們的船旁邊暫停一下……」

「這個、為什麼又要停？」

「為了在霧中繼續航行的時候……不要相撞……還有就是、因為要讓我們去、換乘……」

「啊啊，原來如此……」

「原來如此。」

兩名旅行者都明白了。

也就是說，孩子們是不能去別的國家的。所以，他們被勉強去做一件既麻煩又危險的事，就是所謂在湖中央換乘到另一艘船的舉動。

男子望向窗外，直到剛才為止還是藍色的天空，已經讓紅色略微占居主色調了。

「好啦，卡秋雅，妳在這裡好好休息沒關係的。因為妳狀況不好，應該也沒有必要移到對面的船去吧。我會幫妳說明的。」

「不用了……沒用的……我大概、要死了……」

「妳又來了。」

「我已經、看過好多人、這樣了。這就是……死。」

「…………」

「不用了……不過、最後……我有一件、想做的事……所以我要到外面去……」

女子代替沉默下來的男子發問：

「那是什麼事呢？」

卡秋雅答道：

「在死以前……我想再看一次……自己喜歡的男孩子的臉。」

男子把照顧卡秋雅的工作交託給女子接下來之後，回到了自己的房間。

坐在床上的他所見到的窗外景象，已經紅到像是潛入血海當中一樣。

「初戀對象啊……」

剛才卡秋雅是這麼說的。

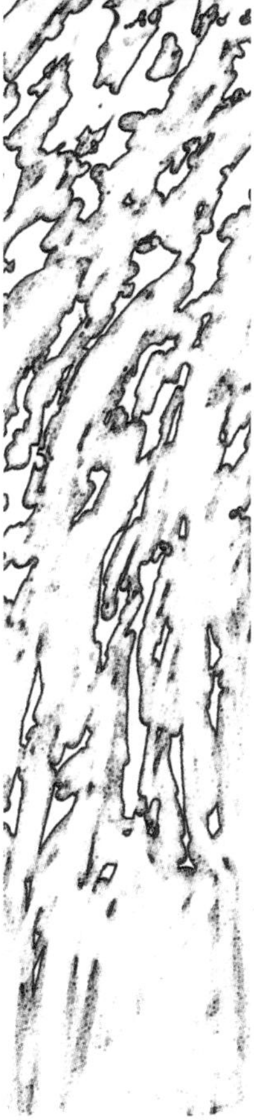

「在紅霧之湖上・a」
—Soared・a—

她想再看一次自己喜歡的男孩子的臉。

雖然語氣虛弱，但她對自己很清楚地這麼說明。

在僚船上，有一群跟她相同境遇的孩子們；其中有一個比她年長的男孩子。

她曾經在兩船接舷後走過鐵板準備換乘時差一點滑落湖中，他是在那一瞬間撐住她的救命恩人。

在那以後，他們又交談了好幾次，最後兩人終於可以在工作中的極短暫休息時間彼此談心。那段時間對她來說，就是什麼都比不上的幸福。

然後，兩人下定了決心。

等到這份工作結束之後賺了大錢，他們就要結婚並一起過生活。

「可是……好像、不行了……所以、最後、換乘的時候……只要、見一面……」

卡秋雅說到這裡就陷入昏迷一般的沉睡。

「怎麼看都是動不了了啊……」

很難想像她能轉乘到另一艘船去。

「真是夠了。」

男子按下緊鄰於門旁邊的呼叫鈴。

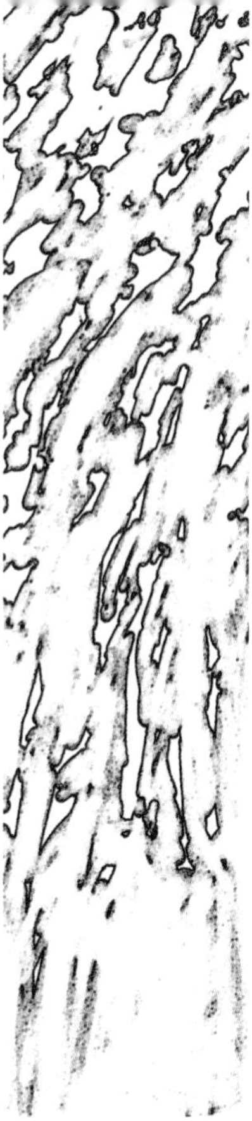

過來的人，是臨時負責這個區域的小男孩：

「旅客你好，請問有什麼事情呢？」

「嗯，我有個問題。也許會是個滿不舒服的話題，不過希望你回答。你們如果不小心死在船上的話，屍體會怎麼處理？」

「是的，因為在回國以前船不會有地方放的關係，所以我們會水葬，幾乎都會在接舷中的時候進行。只要汽笛發出長鳴聲，我們光聽次數，就會知道有某幾個伙伴受到霧的影響死掉了。因為事故死亡或自殺是不會讓汽笛發聲的。」

「原來如此，那麼下一個問題。」

「請儘管問。」

「你們服務生單位的大人主管是誰？我想請你叫他過來。」

「所以，這就是你把寶石交出去的理由了吧。你真的很喜歡沒事找事做啊。」

「算啦，反正還會在某個地方再拿到寶石的啦。」

兩人在女子的房間中，一面喝茶一面談話。

「不過，賄賂的威力是很完美的。卡秋雅在接舷以前，都可以留在這個房間裡了。」

「這真是太好了。你對那個大人到底說了些什麼呢？」

對於女子的詢問，男子靜靜地將臉轉到一邊去，說：

「妳不知道比較好。」

「就這麼辦吧——所以，你想要把那個男孩子叫來房間裡，讓她見上最後一面。」

「又不一定是最後，搞不好她會恢復精神也說不定喔？」

雖然男子露出笑容這麼說，不過先前一直看顧卡秋雅的女子並沒有任何回答。

在深紅色的霧中，兩艘船逐漸接近。

甲板上的孩子們，不戴防毒面具就站在那裡。之所以沒有戴面具，據說是因為視野會明顯變差、聲音也傳不出去、反而會更危險之類的理由。

有負責以強力探照燈引導僚船的人，有在接舷的時候將繩子搭在兩船之間的人，也有設置渡板的人；再來就是僅僅為了要移動到另一艘船而在船外等候的其他孩子們了。

卡秋雅並沒有在那些人當中。

僚船從霧中不斷發出霧笛聲，也不停閃爍著探照燈接近過來。

在外表看起來簡直就像是幽靈船的船上甲板那裡——

乘載了看起來簡直就像是幽靈的對面之國的孩子們。

透過窗戶看著那艘船的男子。

「那麼我就稍微出去一下了。」

以像是要去散步的口吻，從房間走了出去。

手上拿著防毒面具。

把只有一口微弱氣息的卡秋雅和女旅行者留在房間裡。

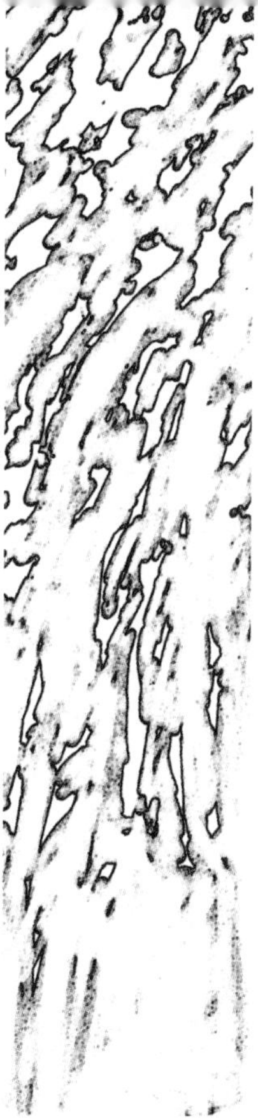

男子出去之後，大概只過了十分鐘的時間吧。

「我回來啦～」

他又很順利地回來了。

手上還是拿著防毒面具，而另一隻手則拉著一個男孩子過來。

是個穿著連身工作服，差不多十五歲，臉上還留有稚氣，但身體已在嚴苛的工作下鍛鍊到相當強壯的不均衡少年。

「…………」

看著男旅行者拉著體格跟他差不多相同的少年的手過來，女子將頭略略歪向一邊。

少年一看到橫躺的少女，便從後方衝過男子旁，緊靠在床邊蹲了下去，探頭盯著少女的臉：

「卡秋雅！卡秋雅！」

他呼喚她的名字。

卡秋雅微微睜開眼睛，看到了她想見的人的臉出現在那裡。

「啊啊……我好高興……」

她的眼淚從眼角滑落。

「我就要死了……不能一起活下去、對不起……」

「不要管這種事！拜託妳！不要管這種事！」

卡秋雅虛弱的聲音，跟在對比之下少年單純強力的聲響，在狹窄的房間中都聽得見。

「在那個世界，我們一定可以在一起的！」

「啊啊……我真、開心……我會等你……可是，請你盡量晚一點來啊……」

「……我知道了！」

「我們一定要再見面哦……」

留下這句話之後，卡秋雅的嘴巴就不再動了，臉也一直保持微笑。

女旅行者伸手從靜靜留在原地的少年身體旁邊越過，探量了卡秋雅的脈搏，又傾身近看少女還睜開的眼睛之後，以手掌輕輕的將她的眼瞼闔上。

「看來是趕上了呢。」

男子的聲音。

「你真的很了不起。」

讓站起身來的女子有一點感動。而先是看了還待在卡秋雅遺體前方祈禱的少年背後一眼。

「不過我不知道你是怎麼把他帶過來的就是了。」

才將視線轉過來，彷彿像是在說「把做法告訴我」的女子。

「這個嘛……『除了我以外誰都辦不到的事情』，其實是有很多的喔。就只有這些事，師父大概也做不來吧。」

則讓男子將目光轉到一邊去，彷彿像是在說「我才不想要回答」。

「是這樣的嗎？」

「可以聽我說一個請求嗎？師父。卡秋雅的那個大人主管應該在餐廳裡，可以請妳告訴他卡秋雅身亡的事嗎？我就趁那段時間讓這個少年逃走。」

「也好。」

女子起身站立，開門走出去，把門關上。

留下一個死掉的人，跟一個活著的人，在房間裡。

「好了，差不多可以上路嘍。」

男子這麼說。

兩艘並排停靠的船——

各自發出一道非常非常漫長的汽笛聲。

「今天是兩個人嗎……真可憐……」

在三等艙房長椅上讀書的學生對隱約可以聽見的那聲音有了反應，他低聲自語：

「誠心祈求你們的靈魂安息。」

他閉上眼睛，獻上祈禱。

男子的房間傳來敲門聲。

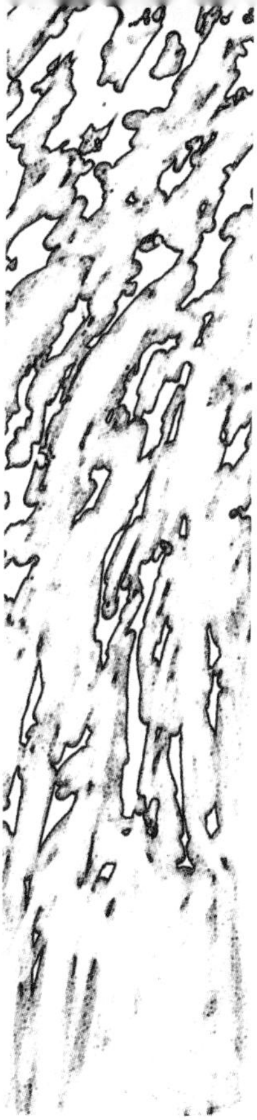

「在紅霧之湖上・a」
—Soared・a—

「請進～門是開著的喔～」

女旅行者走了進來。

「好像要吃午餐了。」

「啊啊，真是謝謝妳。」

一直望著窗外的男子，頭也不回地回答。

在紅霧瀰漫的世界裡，停泊在旁邊的船看起來很朦朧——

而他在兩艘船的中間，看到了卡秋雅與少年相互依偎並露出笑容揮手的模樣。

在男子輕輕揮手回應之後，兩人的身體就彷彿溶解在紅霧當中一般的消失了。

「掰啦。」

男子低語之後起身站立，對表露出疑惑神情的女子這麼說：

「抱歉，自言自語算是我的老毛病了。」

在船的餐廳中，坐在午餐餐桌周圍的人有——

妙齡女子、個子較矮但長相俊俏的男子、四十多歲的夫婦以及一名七十多歲戴圓框眼鏡的鬍子老爺爺。

船的窗外，是為紅霧所包覆的世界。

老爺爺一面指著那窗子，一面說：

「我說各位，我得到了關於那片霧的有趣資料，你們願意聽我講嗎？會願意聽我講吧！」

男旅行者回問道：

「資料？是什麼樣的呢？或者這麼問吧，你是怎麼得到資料的呢？」

「你願意聽我講很好！其實我呢，事先在船上甲板設置了觀測機器！當然是偷偷放的！是可以採取霧的成分並進行分析的機器！剛才它的資料已經傳輸到我房裡來啦！」

「這樣啊，你還真行呢。」

不光只有說出這句話的男子而已，就連女子跟夫婦也都以既驚愕又佩服的表情看著老爺爺。

「詳細的分析數據因為就算講了你們大概也不懂，就略過不講了——不過，我發現那片霧蘊含著不可思議的力量！透過機器所取得的各項資料，也證實了這一點！」

「哦，是什麼樣的？」

男子如此發問之後，大家也各自以充滿期待的眼神望向老爺爺。

「是吸取人類意識的力量！」

餐桌為一片寂靜所包圍。

夫婦用力皺緊了眉頭，女旅行者則將視線朝上望去。不管怎麼看，都是一副不相信的樣子。

老爺爺不知道有沒有看到這樣的反應，或者根本無視，總之他繼續說：

「紅霧本身具備了可讓微量電流傳導的性質；而且，我還發現到它能從人類皮膚把電流刺激帶走的事證！換句話講，暴露在霧當中的人，腦內的電流訊號會受到影響，其結果是意識會被霧吸取之後帶走！當然就會死了。大人在這片霧中馬上會死，是因為大腦已經成熟、電流刺激的路徑也簡化到容易掌握的關係！小孩子則是相反！只不過，就算是小孩子，如果具有像是明確的人生目標以及堅強的意志之類的心態，應該也很容易受到霧的影響吧！而接下來要開始講的事情就很重要了，在那片霧當中，被這麼吸走的意識甚至具有在維持自我的狀態下繼續存在的可能性！換句話講，人是可以在那片霧中繼續活著的！不過這個部分就需要有更詳盡的研究，才能取得實證了！」

面對剛結束一場大型演說的老爺爺。

「您說的話還滿複雜的，我們是聽不懂啦……」

「我有同感。」

四十多歲的夫婦這麼說。

「唔……這樣啊……」

讓老爺爺感覺相當寂寞。

「妳呢？」

「很遺憾，我也聽不懂。」

被圓框眼鏡對到的女旅行者，如此老實回答。

在她旁邊的男旅行者，則低聲說了這句話：

「啊，我是相信的喔——這個說法。」

「喔喔！很高興！是很高興……不過是為什麼呢？身為科學家，我想知道理由！」

在激動詢問的老爺爺、表情愈來愈疑惑的夫婦以及雖然表情僅有一絲變化不過確實是在驚訝的女子面前。

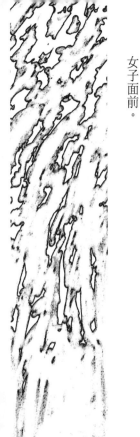

「因為——」

男子如此答道：

「這樣講不是比較美嗎？」

對這個回答感動的人是夫婦當中的太太：

「哇啊！真浪漫，這樣的理由真是太美好了！」

沮喪的人則是老爺爺：

「什麼啊……」

至於女旅行者，則是以疑惑的神情默默看著旅伴的側臉。

男子望著窗外，船開始慢慢發動了。

在霧的深處隱約可見的另一艘船，正持續遠離。在男子的眼中——

「啊……」

可以看到紅霧瀰漫的湖上，有兩道紅色的光。

然後——

書末後記風格的特別短篇故事

以物易物的奇諾の旅　the Beautiful Trade

很久很久以前，在某個地方，有一個騎著一輛摩托車的旅行者，就是那個奇諾跟漢密斯。

「說明好混！」

因為頁數很少啊。

「真拿你沒辦法……」

「妳在跟誰說話啊，奇諾？」

在森林中的道路上行駛的奇諾跟漢密斯正餓著肚子，這是因為攜帶糧食吃過頭結果沒有存糧的關係，以上證明完畢。

「肚子餓過頭，我們快不行了……」

「呃我這邊沒怎麼樣喔？畢竟摩托車不會肚子餓。」

這段就跳過去吧。然後肚子餓扁的奇諾祈求了，打從內心祈求了，用力用力地祈求了：啊啊神明大人，你給我想點辦法吧。有夠臭屁的。

結果神明大人就出乎意料地在白樺樹之間的天空中露臉出來，並溫柔地說：

「我雖然是神，但這種事就讓妳自己去給我想點辦法吧。只在有困難的時候才會把神的名字說出口，是人類的壞毛病啊。」

在受到如此處分跟空腹的打擊之後，奇諾摔倒了。不過就只有奇諾摔倒而已。

「妳真行耶，快點站起來。」

腳架已立妥的漢密斯，對彷彿像喪家之犬一般慘趴在地面上的奇諾，丟下這句連一絲溫柔也沒有的話語。奇諾哭喪著臉起身站起來，但她的手中卻偶然握到了某樣東西。

「啊？這是什麼？」

奇諾握到的那樣東西，是長度約一百公分左右、又粗又堅固、用來綑綁行李的繩帶。應該是從先前行駛經過的卡車車斗上頭掉下來的吧，大概是這樣的吧。

奇諾一看到它，馬上就想要吃下去，被漢密斯出言指正，說她身為一個人實在很有問題。於是奇諾把它從嘴裡拿出來收進口袋裡，並用空腹度突破極限的虛弱語氣這麼說：

「就算是這種東西……也許有一天會派上用場……」

「要怎麼派?我想像不出來耶。」

「如果漢密斯要掉輪胎的話就拿它綁起來。」

「喂住手,這樣搞哪修得好啊!妳也稍微有點身為摩托車騎士的自覺吧。」

「吵死了我要把你賣掉喔?」

「辦得到的話妳就給我試試看啊。」

感情好的兩人繼續在森林中前進。然後,他們遇到了一個旅行者。

那是個揹著大大的行李旅行的年輕男子,可是那個男子卻手扠著腰呆呆地站在路旁不動,臉上浮現出悲傷的表情。

「我還以為是站在江戶時代日本中山道上的地藏菩薩呢。」

漢密斯說出了不符合本書世界觀的感想。

「午安,看你的表情好像很哀傷,發生什麼事了嗎?我的肚子好餓,請問你可以讓我搶——你有食物嗎?你有多餘到可以分給我的食物嗎?」

奇諾使出了僅剩的常識跟理性主動搭話,旅行者則露出這個世界已經完了的表情這麼說:

「其實,我的皮帶斷了。如果沒有壓著腰部,褲子就會掉下去,我就會完全╳╳╳╳了。」

「這真是讓人困擾啊。那麼,請你用這個吧。」

漢密斯說話了。因為無法掌握狀況的奇諾還在發呆的關係，漢密斯就把她的屁股踢飛，不過是怎麼踢的就不清楚了。

「啊！用這條繩帶怎麼樣？我想它剛好可以用來當皮帶！」

在奇諾把剛收進口袋裡的繩帶掏出來給男子看之後，男子非常高興，立刻圍在腰上，結果完美合身，還有一點今年夏天好像很流行的不拘小節感。坦白說很好看。

「啊啊，謝謝妳！這樣一來，結婚典禮就不會遲到了！妳幫了我非常大的忙！這個送給妳當回禮！」

男子從大大的行李裡頭，取出了一個直徑約三十公分、顏色是深綠的金屬圓罐子。奇諾一接下它，看起來相當著急的男子——

「琳達～！」

就一面如此大叫一面咻一下跑步離去消失不見，真的是健步如飛。

「你太客氣了～！——嘿嘿，我賺到了啊。」

「這是主角的台詞嗎？好啦，裡頭是什麼呢？」

「搞清楚狀況好嗎，當然是食物啦？還會有這以外的事件發展嗎？嘿嘿，裡頭塞滿了東西好重啊。」

奇諾想要把罐子打開，可是打不開。罐子的頂部和底部都牢牢固定住了。

「這是怎麼回事啦！」

奇諾對天大叫，漢密斯則察覺到某件事：

「啊，我懂了，奇諾。這個不是裡頭的東西可以怎麼樣的物品喔，是就這麼直接用的。」

「怎麼用？」

「要先把它淺淺地埋在地面下。」

「然後呢。」

「一旦戰車行駛到上面就會啟動雷管爆炸。」

「不是、吃的嗎……？」

奇諾露出這個世界已經完了的表情，哀傷的望著剛收到的對戰車地雷。然後她說：

「可是，如果煮熟就可以吃了吧？」

「妳先去跟現實打一架啦。」

把對戰車地雷放在載貨架上的奇諾如此說：

「已經不行了……肚子已經貼到後背去了……」

在眼淚都哭不出來的奇諾駕駛下，兩人軟弱無力地向前行。幸好筆直道路幫了大忙，如果是曲折彎道，現在他們應該摔了差不多有三百次吧。

「奇諾！在我們前進方向的盡頭可以看到水面！是湖喔！」

「湖……可以吃嗎……？」

「妳清醒一點！有魚啦！」

「魚……可以吃嗎……？」

「快呼吸！讓妳的腦子去吸收氧氣！」

就這樣，奇諾跟漢密斯出現在湖畔。

那是一座非常非常大的湖，眼睛可以看得到的邊界都是水平線。

此外，還立了一面看板，上面這麼寫著：

『絕對禁止於這座湖捕食魚類！』

奇諾射擊了看板。她總動員了手上持有的說服者「卡農」、「森之人」跟「長笛」瘋狂射擊。

看板在一瞬間化成蜂窩、變得粉碎、從這個世界消失了。

「看不見了。」

奇諾這麼說。

當她正在重新裝填子彈的時候，一輛卡車沿著湖畔過來了。那是一輛軍用卡車。

「漢密斯……我要襲擊那支軍隊，把軍用口糧拿到手……」

「妳可以自己一個人去幹嗎？」

卡車在奇諾眼前停下，有差不多十個看起來很強的軍人，手拿著自動連發式說服者從車上下來了。其中一個看起來階級很高像隊長的人這麼說：

「嗨旅行者，我們是在這一帶附近巡邏中的部隊。」

「啊啊……我要……吃的東、西。」

「妳看起來相當餓啊真可憐……可是，我們也沒有可以送給妳的糧食。畢竟如果我們這麼幹的話，就會因為違反軍紀而受到以說服者處決之刑啊。」

「怎麼這樣……好哀傷……超級、哀傷……」

「我說，如果在這座湖捕魚的話會怎麼樣？」

漢密斯發問。

「別這麼做比較好。這裡沒有看板嗎？——啊啊，被破壞了啊。做出這麼殘忍事情的人，是誰啊……」

是奇諾。

「這座湖的魚全部都有毒。只要吃了一口，就會手腳不斷掙扎痛苦足足三天之後才死。我們看見不小心吃到魚的人都會馬上槍殺，這也是基於慈悲啊。」

「唔呃～」

就在漢密斯苦著一張臉，奇諾的呼吸也終於衰弱下去的時候。

「唔！旅行者們！這、這個是！」

隊長察覺到某件事大聲叫了出來，他超級震驚。

「哪個？啊啊，是這個對戰車地雷嗎？」

「沒錯！你們是在哪邊、拿到它的……！不會錯的，這個就是全世界的地雷收藏家就算要把父母親送去當鋪抵押也會想要得到的傳說之名品！」

「地雷也有分名品跟垃圾嗎？」

「哎呀啊，不論是形狀還是塗裝，真的都處在良好的狀態！還不是那種到處都有的複製品！是真貨！」

「地雷也有分真貨跟複製品嗎？」

「竟然有這種五穀豐收的氣場……好好聞的芳香……好想舔！好想舔個透！」

「是喔原來你是變態啊。」
「這一定是有年代的物品了！至少不下於兩百年！」
「有年代的地雷，不會覺得可怕嗎？」
「啊啊，想不到在有生之年可以親眼見到它！我要這個！我要這個！請一定要把它送給我！」
「吃的、東西……」
「呃所以說這個沒辦法啊，畢竟我還不想死——對了！這樣如何！要不要跟我們擁有的這艘船作交換呢？」
隊長在說完這句話之後就命令部下，而部下們則將原本放在卡車後方的手推車上、由卡車一路連同手推車拉過來的船推入湖中，「砰」一聲浮在湖上。那是艘全長有十公尺的軍用船。
「雖然食物沒辦法給，不過軍用裝備就沒問題！我們只要對高層報告，大家因為覺得好玩結果在船底開了一個洞把它弄沉了就好。」
「這樣也ＯＫ哦，是什麼軍紀啊？」
「我要、吃船……」
漢密斯代表已經完全那個了的奇諾，提出了本質性的問題：
「說到底，我們這邊拿到船是要幹嘛啦～」

「可以直線過湖。因為在湖的對面有許多國家，你們只要在抵達的地方把船賣掉買食物就好啦！」

在廣闊平靜的湖面上，一艘船正在疾速航行。

漢密斯被放在船的載貨臺上並用繩索固定住，奇諾則無力地握著船舵。

位於後方的引擎全速運轉，讓船疾速飛馳，是一趟激起大量水花的超高速航行。

「奇諾，妳好像稍微有點精神了喔。」

「只要知道前方有食物，我就……！」

「嗯嗯，就是在火場中的那個『甚危險時顯神威』．『燊力』吧。」

「因為太難吐槽就別再講了。」

他們一面進行著會讓這本書的海外譯者悲憤不已的對話，一面讓船前進。

終於，他們在水平線的盡頭看到城牆了。雖然是朝正西方前進，不過在他們的視野右方極度邊角的地方有一道牆，而在視野左方極度邊角的地方也有一道牆。

「奇諾，妳要往哪邊走？」

「食物比較好吃的那邊。是哪邊?」

「誰知道啊~!」

漢密斯該生氣的時候也是會生氣的。

奇諾隨便想了想,隨手就要把船舵轉到右邊去。可是因為她手一滑把船舵轉到左邊使船的行進方向開始改變的關係,又因為要改回來也很麻煩的關係,船就這麼往她在左邊看到的那個國家疾速航行了。

「旅行者!請給我那艘船!」

在面向湖岸的城牆門口,一個出城過來的男子突然對奇諾說出這樣的事。

「吃的、東西……」

「請給我那艘船!」

「請等一下,為什麼突然這麼說?」

漢密斯詢問那個男子,而對方則將理由說明給他們聽。

據說這個國家已經遭到放棄。因為國內最厲害的占卜師發布了「這個地方有的是不祥之兆」的神諭，所有人都討厭這樣於是就搬走了。

可是，男子家裡沒有錢買不起交通工具，沒辦法搬走；只好連同妻子跟三個孩子在內一共五個人，在這個國家戰戰兢兢地過生活。

「那艘船！請給我！拜託你們！」

「因為從這裡開始就是陸路所以我覺得給他也沒有關係，不過奇諾，妳打算怎麼做？」

「吃的、東……」

「這下子終於快不行啦……呃，如果我們把船送給你的話，可以得到什麼東西嗎？只要一點點食物就可以了。」

「雖然我們現在也只有剛好可以讓全家人吃的東西——」

「雖然？」

「不過在國內，可是有許多搬不走留下來的物資喔？有罐裝也有瓶裝。就連家畜也因為他們說不忍心殺害所以到處都有，有豬有牛還有雞。請隨你們高興盡量享用吧。我可以送給你們的，就是這個國家了。」

「那麼，我們就把船送給你吧。能夠做到一筆好交易，是我們的光榮。」

奇諾復活了。

就這樣。

「好吃～！」

奇諾得到了一個國家。她在沒有任何人在的城鎮中，在剛烤完焦得剛剛好的烤全雞前面，瞇著眼睛露出微笑，氣勢猛烈地開吃。在奇諾的背後，已經堆了一座骨頭山。

「雖然沒有餓死是件好事，可是奇諾，在這之後妳打算怎麼做啊？」

在沒有任何人在的國家中，漢密斯對奇諾問道。

「誰知道。怎麼做啊？要繼續煩惱怎麼做嗎？」

奇諾在如此回答之後，又繼續啃烤全雞。

這一餐在一時半刻不會有停下來的跡象了。

完。大概也不會待續。

搬家之後也過了一年半，
所以已經完全熟悉這裡了。
不過除了畫畫以外
什麼也不會的我，
一個人到底怎麼決定房間，
又是怎麼把家搬完的？
雖然這是自己的事情，
還是覺得謎團太深有點害怕，
我一直認為黑星紅白是
辦不到這種事的。

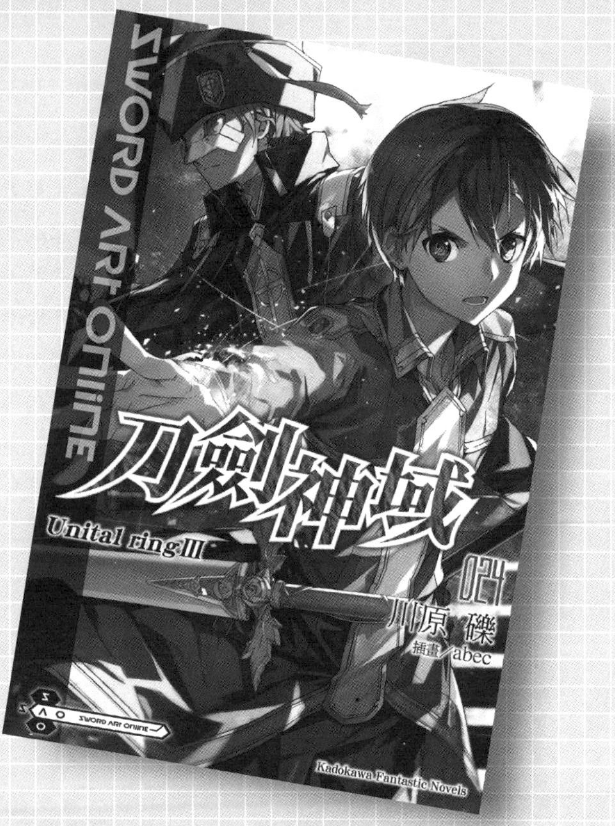

Sword Art Online刀劍神域 1~24 待續

Kadokawa Fantastic Novels

作者：川原 礫　插畫：abec

在Underworld遇見過去失去的「他」一樣的眼睛的人！
危害桐人與其眾伙伴的最大「惡意」現身！

菊岡誠二郎對桐人、亞絲娜以及愛麗絲提出潛行至「大戰」結束兩百年後的「Underworld」的邀約。再次來到那個世界的眾人，遇見了身為羅妮耶與緹潔子孫的絲緹卡以及羅蘭涅。然後……「這就是擁有『星王』稱號的男人的心念嗎——請多指教了，桐人。」

各 **NT$190~260/HK$50~75**

刀劍神域外傳GGO 1~9 待續

Kadokawa Fantastic Novels

作者：時雨沢惠一　插畫：黑星紅白

聯手的眾卑鄙小隊當中，
不知道為什麼出現了SHINC的名字！

無論如何都想打倒蓮獲得勝利的Fire，成功拉攏SHINC加入為了打倒LPFM而組成的聯合部隊。經過與MMTM的壯烈「高速戰」後，蓮等人終於和SHINC的成員對上了，但是Fire麾下的小隊突然出現……

各 **NT$220~350/HK$73~117**

國家圖書館出版品預行編目資料

奇諾の旅 : the beautiful world/時雨沢恵一作 ; K.K.譯. -- 初版. -- 臺北市 : 臺灣角川股份有限公司, 2021.10-

冊 ; 公分. -- (Kadokawa fantastic novels)

譯自 : キノの旅 : the beautiful world

ISBN 978-986-524-882-6(第23冊 : 平裝)

861.57 110013831

Kadokawa
Fantastic
Novels

奇諾の旅 XXIII
－the Beautiful World－

（原著名：キノの旅XXIII－the Beautiful World－）

2021年10月20日　初版第1刷發行
2023年9月22日　初版第2刷發行

作　者：時雨沢恵一
插　畫：黑星紅白
日版設計：鎌部善彦
譯　者：K.K.

發行人：岩崎剛人
總編輯：蔡佩芬
編　輯：黎夢萍
美術設計：宋芳茹
印　務：李明修（主任）、張加恩（主任）、張凱棋

發行所：台灣角川股份有限公司
地　址：104台北市中山區松江路223號3樓
電　話：（02）2515-3000
傳　真：（02）2515-0033
網　址：www.kadokawa.com.tw
劃撥帳戶：台灣角川股份有限公司
劃撥帳號：19487412
法律顧問：有澤法律事務所
製　版：巨茂科技印刷有限公司
ISBN：978-986-524-882-6